타인의 무례함에서 나를 지키는 법

타인의 무례함에서 나를 지키는 법

초판 1쇄 인쇄 2026년 4월 17일
초판 1쇄 발행 2026년 4월 24일

지은이　　발타사르 그라시안
엮은이　　조셉 제이콥스
번역　　　최유경

펴낸이　　곽철식

영업기획　박미애
디자인　　임경선

펴낸곳　　다온북스
출판등록　2011년 8월 18일 제311-2011-44호
주소　　　경기도 고양시 덕양구 향동동 391 DMC플렉스데시앙 KA 1504호
전화　　　02-332-4972
팩스　　　02-332-4872
전자우편　daonb@naver.com

ISBN 979-11-24392-05-8 (03800)

타인의 무례함에서
나를 지키는 법

발타사르 그라시안 지음
조셉 제이콥스 엮음 | 최유경 번역

THE ART
OF
WORLDLY
WISDOM

서문

스페인 문학은 바야흐로 '과시'의 시대로 접어들고 있었는데 이 시기의 스타일은 고전 교육의 부활로 문체의 감각이 되살아나면서 근대 유럽 전역의 문학에 공통 적으로 나타난 현상이었다. 이런 시기의 문학의 주요 특징은 당연하게 기교 또는 정교하면서도 부자연스러운 비유가 많이 나타난다는 것이다. 이러한 흐름은 안토니오 데 게바라Antonio de Guevara의 '황금의 책El Libro Aureo'에서 시작되었다. 일부 학자들은 여기서 유래한 문체적 과잉이 영국으로 건너가 '완곡어법'이라는 스타일로 발전했다고 본다. 그러나 이 기교주의는 시에서 공고라Góngora의 화려하고 교양 있는 문체가 성공하면서 더욱 가속화되었다. 공고라주의는 이러한 '기교'를 극단적인 수준까지 밀어 붙였다. 시에서 인위적인 표현이 더 이상 나아갈 곳이 없게 되자, 이제 그 임무는 그라시안Gracián에 의해 산문으로 옮겨지게 되었다.

그는 1630년 첫 작품 '영웅El Heroe'에서 처음으로 이를 시도했다. 이 책은 그의 다른 대부분의 작품들처럼 평생의 친구 라스타노사 Lastanosa에 의해 출판되었고, 그라시안의 가상의 형제인 로렌조 그 라시안Lorenzo Gracián이라는 이름으로 출간되었다. 그러나 실제 그런 이름의 형제가 있었는지는 확인된 바가 없다. '영웅'의 전체 내용은 축약된 형태로 '타인의 무례함에서 나를 지키는 법Oráculo Manual: The Art of Worldly Wisdom'에 포함되었다. 하지만 너무 축약되어 원래의 정 교함을 알아보기 어려울 정도다. 그럼에도 불구하고, 바로 그 축약 된 간결한 문장들 속에 화려한 문체의 특징이 정확히 담겨 있다.

일반적으로 정교한 은유와 지나친 암시는 '주기형'이라 불리는 길고 복잡한 문장에서 사용된다. 그러나 그라시안의 경우, 화려하 게 꾸미면서도 간결함을 추구한다. 쉽게 표현하면 아마도 그는 '자 수는 화려하되 옷은 짧다'라고 하지 않았을까. '타인의 무례함에 서 나를 지키는 법'에 나온 일부 내용만 봐도, '영웅'라는 책이 어떤 높은 이상적 인간상을 그리고 있는지 알 수 있다. 그것은 바로 사 람들이 '이달고'(귀족)라고 할 때 떠올리는 그런 이상적인 모습이다.

1647년에 처음 출판된 후속작 '완전한 인간El Discreto'은 '영웅'의 대척점을 제시하는데, 자존심 강하고 흠잡을 데 없는 이달고와 대 조되는 신중한 궁정인의 이상을 그려낸다. 이 역시 현재의 책에 충 분히 반영되어 있지만, '영웅'의 경우보다 축약이 훨씬 더 두드러진다. 또한 그라시안은 '우아한 사람El Galante'과 '주의 깊은 남자El Varon Atento'라는 제목의 유사한 대조를 이루는 두 작품을 집필했으나 출판되지 않고 '타인의 무례함에서 나를 지키는 법'에 모두 통합되었다.

'타인의 무례함에서 나를 지키는 법'와 더불어 간과할 수 없는 그라시안의 역작은 바로 '비평가El Criticón'이다. 이 작품은 역사적으로 기념비적인 가치를 지니며, 1650년부터 1653년 사이에 인간의 생애 주기인 청년기, 장년기, 노년기를 조명하는 3부작 구성으로 세상에 나왔다. 이 책은 인간 정신의 도야 과정을 형상화한 일종의 철학적 대서사시이자 우화이다. 작중 인물인 스페인 사람 '크리틸로'는 세인트헬레나 섬에서 난파를 당하는데, 그곳에서 마치 '로빈슨 크루소'의 '프라이데이'를 연상시키는 원시적 인물 '안드레니오'를 만난다. 안드레니오가 언어를 익히고 소통이 가능해지자, 그는 자신의 자의식이 눈뜨기 시작한 생후 3일경부터의 일들을 아주 정밀한 자서전 형태로 들려준다. 이후 두 사람이 스페인을 여행하며 진실, 용기, 거짓과 같은 추상적 가치들이 의인화된 인물들을 마주하는 과정은 이 소설의 백미이다. 크리틸로는 당시 유행하던 엄격하고 규격화된 알레고리 교육 방식을 차용해, 안드레니오가 세상을 이해할 수 있도록 이 상징적인 인물들에게 하나하나 이름을 부여하고 해설해 준다.

그라시안의 저작들은 영어를 포함해 유럽의 주요 지성 언어들로 폭넓게 번역되며 시대를 풍미했다. 이토록 전 유럽적인 명성을 얻게 된 데에는 그가 예수회Jesuit 소속이었다는 점이 일조했다. 예수회라는 거대 네트워크가 자신들의 수도회가 배출한 걸출한 인물의 저작을 널리 알리는 데 앞장섰기 때문이다. 하지만 단순히 조직의 힘만으로 그라시안의 파급력을 다 설명할 수는 없다. 앞서 언급한 작품들 저변에는 시대를 초월하는 진정한 역량과 탁월한 문학적 기교가 깃들어 있다. 비록 오늘날의 관점에서는 다소 고전적이고 예스러운 스타일일지라도, 교훈 문학이 전성기를 구가하던 17세기와 18세기에 그라시안의 글은 그 자체로 독보적인 평가를 받았다.

그라시안 특유의 교훈적인 문체는 '타인의 무례함에서 나를 지키는 법'에서 비로소 완벽한 정점에 이른다. 이 책은 단순히 좋은 말을 모아놓은 금언집이 아니라, 삶의 원리를 꿰뚫는 격언집으로서 이 분야에서 가장 독보적인 결과물이라 할 수 있다. 내가 이 책에 처음 관심을 두게 된 계기는 1877년 3월, '포트나이틀리 리뷰Fortnightly Review'에 실린 그랜트 더프Grant Duff 경의 훌륭한 칼럼 덕분이었다. 그 기사를 읽고 곧바로 쇼펜하우어가 공들여 번역한 판본을 구해 읽었다. 이후 스페인을 여행하던 중에는 운 좋게도 1734년 바르셀로나에서 조셉 지랄트Joseph Giralt가 인쇄한 그라시안 전집을 손에 넣었다. 비록 인쇄 상태는 조금 거칠고 조악했지만, 그 전집 첫 번째 권 뒷부분에 '타인의 무례함에서 나를 지키는 법'가 수록되어 있었다.

나는 이 바르셀로나 판본을 원본으로 삼아 번역을 진행했다. 본

문 중 내용이 모호하거나 의심스러운 대목이 나타날 때마다 대영박물관이 소장한 1653년 마드리드 초판본을 일일이 대조하며 정확성을 기했다. 작업 과정에서 쇼펜하우어의 번역본을 곁에 두고 참고했는데, 마운트스튜어트 그랜트 더프 경이 평했듯 그의 번역이 실로 '가장 완성도 높은 역작'임을 깊이 실감할 수 있었다. 다만, 쇼펜하우어의 해석이 그라시안 본래의 의도를 충분히 담아내지 못했거나 정확성이 떨어진다고 판단되는 소수의 사례에 대해서는 별도의 주석을 통해 그 내용을 밝혀두었다.

이 점에 있어서 나 역시 같은 죄인임을 의심치 않는다. 그라시안의 간결하고 기교적인 경구만큼 번역하기 어려운 산문 문체는 본적이 없다. 그가 '번역 불가능한 작가'로 불리는 데에는 그만한 이유가 있다. 이전의 두 영어 번역본은 그의 요점을 번번이 놓치고 있어서, 나는 그것들을 참고하는 것이 무용하다는 것을 알았다. 반면에, 나는 마운스튜어트 그랜트 더프 경이 '포트나이틀리'지 기사에 실린 발췌문에서 보여준 종종 매우 훌륭한 번역들 중 일부를 과감히 채택했다.

나는 이번 번역에서 그라시안 특유의 절제된 간결함과 현학적인 문체를 고스란히 재현하는 데 온 힘을 쏟았다. 심지어 그가 즐겨 사용했던 수많은 언어유희와 절묘한 말장난들까지 최대한 살려내고자 분투했다. 물론 영어로 그와 똑같은 뉘앙스를 구현하는 것이 물리적으로 불가능한 대목도 있었다. 그런 경우에는 전체적인 언어적 균형을 맞추기 위해, 원문의 풍미를 해치지 않는 선에서 나만의 표현을 소신껏 보태기도 했다. 또한 스페인 속담과 관용구들은 그 의미가 통하는 영어식 표현으로 대체하되, 속담이 지닌 특유의 운율과 간결한 맛은 끝까지 유지하려 노력했다.

이제 이 서문을 마무리하며, 원작인 '타인의 무례함에서 나를 지키는 법'에 어울릴 법한 신탁(神託) 같은 조언 한 마디를 남기고자 한다. 이 작은 책을 처음 마주한다면, 부디 하루에 딱 50개의 격언씩만 아껴서 읽어주길 권한다.

조셉 제이콥스

Joseph Jacobs

차례

1

모든 것이 극치에 달한 세상

이는 세상을 살아가는 방식에 있어서 특히 그렇다. 오늘날 한 명의 지혜로운 사람을 길러 내는 데에는 과거에 일곱 현자를 탄생시키는 것보다 더 많은 자질이 필요하며, 한 사람을 상대하는 일은 예전에 한 민족 전체를 상대하던 것보다도 더 큰 노력을 요구한다.

2

인격과 지성

이 두 가지는 우리 능력의 두 기둥이다. 둘 중 하나만 가지면 행복에는 절반 밖에 이르지 못한다. 지성만으로는 충분하지 않으며, 인격이 필요하다. 어리석은 사람은 자신에게 적합한 지위, 일, 이웃, 그리고 친구 관계를 얻지 못하는 불행을 겪는다.

3

패를 한동안 감추고 때를 기다리라

무엇이든 참신한 것은 그 성취가 더욱 가치 있게 느껴진다. 패를 모두 테이블 위에 드러낸 채 벌이는 게임은 아무런 의미가 없다. 의도를 즉각 드러내지 않을수록 기대감은 커지며, 특히 당신의 지위가 높아 대중의 시선을 받고 있을 때는 더욱 그렇다. 모든 일에 약간의 신비를 섞어두라. 그 신비는 곧 존경으로 이어진다. 설명할 때 또한 지나치게 명확히 말하지 말라. 일상의 대화에서는 가장 깊은 생각을 쉽게 드러내지 않아야 하는 것과 같다. 신중한 침묵이야말로 세상의 지혜 가운데 가장 성스러운 영역이다. 공개적으로 선언된 결심은 높이 평가받기보다 비판의 여지만 남긴다. 더구나 실패라도 한다면 불행은 두 배가 된다. 나아가 사람들이 당신의 행보를 경이롭게 바라보며 주시하게 될 때, 당신은 이미 신의 경지를 모방하고 있는 셈이다.

4

지식과 용기

　지식과 용기는 위대함의 요소다. 이 가치들 자체가 불멸하기에, 그것들은 우리에게 불멸의 명성을 선사한다. 사람은 아는 만큼 위대해지며, 현명한 사람은 무엇이든 할 수 있다. 지식 없는 사람은 빛이 없는 세상과 같다. 지혜는 눈과 같고, 용기는 행위를 하는 손이다. 용기 없는 지식은 불모의 땅으로 아무 결실을 맺지 못한다.

사람들이 당신을 따르게 하라

신에게 진정한 권능을 부여하는 것은, 신을 칭송하는 자가 아닌 신에게 의탁하는 믿음이다. 현명한 사람은 다른 사람들이 자신에게 감사하기보다는 자신을 필요로 하기를 더 원한다. 그들의 희망을 완전히 충족시키지 않고 기대감만 유지하게 하는 것이 현명한 처세이며, 그들이 감사하는 것에 만족하는 것은 어리석은 태도다. 사람들은 앞으로 얻을 것에 대한 희망은 오래 기억하지만, 이미 받은 은혜는 쉽게 잊는다. 예의 바름보다는 의존심에서 더 많은 것을 얻을 수 있다. 갈증을 해소한 사람은 우물에서 등을 돌리고, 즙을 다 빨아먹은 오렌지는 황금 접시에서 쓰레기통으로 떨어진다. 의존심이 사라지면 존경심뿐만 아니라 예의도 함께 사라진다. 상대의 희망을 완전히 충족시키지 않고 계속 살려두는 것, 심지어 왕좌에 앉은 후원자에게까지 항상 필요한 존재가 되도록 자신을 지키는 것, 이것이 경험을 통해 배워야 할 가장 중요한 교훈 중 하나다. 하지만 잘못된 방향으로 나아가지 않도록 침묵을 지나치게 유지해서는 안 되며, 당신의 이득만을 위해 다른 사람의 잘못이 고칠 수 없을 정도로 심해지게 방치해서도 안 된다.

6

최고의 경지에 이른 사람

우리는 완벽하게 태어나지 않는다. 우리는 매일 우리의 성격과 직업에서 발전을 얻어 우리의 존재가 완성되는 최고의 경지, 즉 우리의 성취와 탁월함이 원만하게 충족되는 지점에 도달한다. 이러한 완성은 순수한 취향, 명료한 생각, 성숙한 판단, 그리고 확고한 의지로 알 수 있다. 어떤 이들은 결코 완성에 이르지 못하며, 늘 무언가가 부족하다. 또 어떤 이들은 늦게 무르익는다. 지혜롭게 말하고 신중히 행동하는 완성된 사람은 사려 깊은 사람들과 친하며 언제나 그들이 먼저 찾는 존재이다.

7

윗사람을 이기는 것은 피하라

모든 승리는 증오를 낳으며, 윗사람을 상대로 한 승리는 어리석기도 하고 때론 치명적이다. 우월함은 항상 미움을 사며, 하물며 윗사람보다 우월하면 한층 더 그렇다. 당신이 평범한 이점들을 가지고 있다면 신중하게 그것을 감출 수 있다. 예를 들어, 잘생긴 외모라도 일부러 단정치 못한 옷차림을 하여 감출 수 있다. 어떤 윗사람들은 당신이 운이 좋거나 성격이 좋은 것을 어느 정도 인정해 준다. 하지만 '좋은 판단력' 만큼은 누구라도, 특히 군주라면 당신이 자신보다 앞서는 것을 용납하지 않을 것이다. 군주에게 조언할 때에는 그들이 찾지 못한 것을 안내한다기보다는 잠시 잊고 있던 사실을 상기시켜 주는 것처럼 해야 한다. 별들이 이 기술을 잘 알고 있다. 별들은 행복한 기지를 발휘하여 우리에게 이 가르침을 보여준다. 별들은 태양의 자녀이며 태양처럼 빛나지만, 결코 태양의 광채와 경쟁하려 하지 않는 것이다.

8

격정에 휘둘리지 말라

이것이야말로 가장 높은 수준의 정신이 누리는 특권이다. 이 특권을 지닌 이는 일시적이고 저급한 충동에 명성 자체가 영향을 받지 않도록 자신을 구원할 수 있다. 자신과 자신의 충동을 다스리는 것보다 더 높은 통치는 없다. 여기에 자유 의지의 승리가 있는 것이다. 격정이 인격을 다스리는 사람은 고위직을 피하고 지위가 낮은 곳에 머무는 편이 이득이다. 이는 자신의 감정으로 인한 추문을 막는 세련된 처세이며, 잃어버린 명성을 회복하는 지름길이 될 것이다.

9

타고난 결함을 극복하라

물이 자신이 흘러가는 지층의 좋고 나쁜 성질을 공유하듯이, 인간은 그가 태어난 환경의 성질을 공유한다. 어떤 이들은 태어날 때부터 더 유리한 환경을 타고났기 때문에 다른 이들보다 고국에서 더 많은 혜택을 받는다. 그러나 가장 문명화된 나라들조차도 다른 나라들이 경고 삼아 비난하는 고유한 결점 하나씩은 가지고 있기 마련이다. 재치가 있는 사람은 그러한 민족적 결점을 스스로 고치거나 심지어 숨길 수 있다. 당신은 같은 민족인 동료들이 흔히 지닌 결함을 극복하거나 감춤으로써 그들 사이에서 독보적인 존재로 인정받는다. 이는 예상치 못한 탁월함이기에 그 가치가 더욱 높이 평가받는 것이다. 민족적 결점 외에도 가문, 지위, 직책, 혹은 나이에도 결점이 있을 수 있다. 한 사람이 이러한 모든 결점을 지녔는데도 신중히 경계하지 못하면 그 사람은 참을 수 없는 괴물이 될 것이다.

10

행운과 명성

행운은 변덕스럽지만 명성은 오래 지속된다. 행운은 살아 있는 동안에만 머무를 수 있으나, 명성은 그 이후까지 남는다. 행운은 잠시 질투를 막아줄 뿐이지만, 명성은 절대로 잊혀지지 않는다.

행운은 바라면 때로 타인의 도움으로 얻을 수 있지만, 명성은 오직 스스로 쟁취해야 한다. 명성을 향한 욕망은 인간의 가장 고귀한 본성에서 비롯된다. 명성은 영웅의 탄생에 뒤따르는 형제·자매와 같지만, 늘 양극단으로 치닫는다. 즉 끔찍한 괴물이 되거나, 혹은 눈부신 천재가 된다.

가르침을 줄 수 있는 사람들을 가까이하라

우호적인 교류를 배움의 장으로 삼고, 대화를 통해 교양을 연마하라. 그렇게 벗들을 스승 삼아 담론의 즐거움과 가르침의 유익함을 함께 누릴 수 있다. 말할 때는 찬사를 받고, 들을 때는 통찰을 얻는 것, 지혜로운 이들은 이 두 기쁨을 교차로 향유한다. 사람은 늘 자신에게 도움이 되는 이에게 이끌리지만, 여기서 말하는 이득은 훨씬 고차원적인 것이다.

현명한 이들은 허영이 아닌 고상한 품성과 예법을 배우고자 귀한 이들의 문을 두드린다. 그들은 스스로 모범이 되며, 주변 사람들까지도 덕성을 기르는 '교양의 학당'으로 변모시킨다.

12

천성과 기교

꾸밈없는 아름다움은 없으며, 기교의 뒷받침 없이는 탁월함도 극단으로 거칠어진다. 기교는 단점을 보완하고 장점을 발전시킨다. 천성은 좀처럼 우리에게 최고를 선사하지 않는다. 진정한 최고는 손길을 주어야만 얻을 수 있다. 최고의 천성도 갈고 닦지 않으면 세련되지 못하며, 훈련이 빠지면 어떤 탁월함도 반쪽짜리에 불과하다. 누구나 다듬어지지 않은 부분이 있으니, 훈련이 필요하며, 모든 종류의 탁월함도 어떤 식으로든 연마가 필요하다.

13

충동과 숙고를
때에 따라 바꿔 써라

인생은 결국 사람들의 악의를 물리쳐야 하는 전쟁터다. 책략을 가진 자는 계획을 전략적으로 바꿔가며 행동한다. 경고하거나 위협하지만 그 의도는 거기에 있지 않고, 상대가 진짜 의도를 눈치 채지 못하게 하는 데 집중한다. 엉뚱한 곳을 노리는 척하다가 전혀 예상 못한 곳을 친다. 늘 자신의 속셈을 감춘다. 처음에는 상대의 관심을 끌기 위해 일부러 어떤 의도를 드러내기도 한다. 그러나 곧바로 방향을 틀어 예상치 못한 방법으로 승리하는 것이다. 하지만 통찰력 있는 사람은 늘 조심하며 이런 모든 속임수를 미리 간파하고 대기한다. 상대가 믿게 하려는 것의 반대로 생각하며, 모든 속임수를 꿰뚫어 본다.

첫 번째로 보이는 충동이나 의도는 그냥 흘러가게 두고, 두 번째나 심지어 세 번째를 기다린다. 그러면 책략을 가진 자는 자신의 속임수가 간파되었음을 알고 더 높이 올라간다. 마침내는 진실 자체를 흉내 내며 속이려 들고, 속임수의 얼굴을 바꾸어 속이지 않는 듯 보이는 태도까지 전략으로 삼는다. 가장 투명해 보이는 진실의 표면 아래에 치밀한 기만을 숨기는 것이다. 그러나 이에 맞서는 통찰력 있는 사람은 더욱 예리한 경계심으로 빛 속에 감취진 어둠을 발견하고, 단순해 보일수록 더 교묘한 모든 수를 해독한다. 세상이란, 이와 같이 피톤◆의 술수와 아폴론●의 빛이 서로 다투는 장과 같은 것이다.

◆ 피톤(Python)은 그리스 신화에서 델포이의 신탁소를 지배하였던 큰 뱀으로 아폴론에게 죽임을 당함.
● 아폴론은 그리스 신화에 나오는 태양의 신

14

'무엇'보다도, '어떻게'가
품격을 만든다

　스콜라 철학자들이 말하듯이, '본질'만으로는 충분하지 않다. '방식' 또한 필요하다. 나쁜 태도는 이성과 정의까지도 포함하여 모든 것을 망친다. 좋은 태도는 모든 것을 보완해 주고, 거절에 금칠을 하며, 진실을 달콤하게 만들고, 노년 그 자체에도 아름다움을 더한다. '어떻게' 하느냐가 일에 큰 부분을 차지하며, 훌륭한 태도는 애정 속으로 파고든다. 고상한 행동은 삶의 기쁨이며, 상냥한 표정은 난관을 헤쳐 나가는 데 놀랍도록 도움을 준다.

지혜로운 조언자를 곁에 두라

지성으로 무장한 사람들로 주변을 채우는 일은 강자에게 허락된 특권이다. 그들은 무지에서 비롯되는 모든 두려움을 걷어내고, 난관의 핵심 쟁점을 밝혀 해결의 실마리를 제공한다.

지혜로운 이들을 곁에 두고 그 도움을 얻는 것은 드물고도 위대한 일이며, 포로로 잡은 왕들을 하인처럼 부리기를 즐겼던 티그라네스◆의 거친 취향보다 훨씬 높은 차원의 품격이다. 본래 우리의 스승이 되었어야 할 사람들을 기술적으로는 하인처럼 곁에 둘 수 있다는 것은, 삶이 허락하는 가장 탁월하고도 새로운 형태의 지배력이다. 아는 것은 위대하지만, 살아가는 일 자체는 사소하다.

지식은 그 사소한 삶에 깊이를 부여한다. 직접 공부하지 않고도 배우는 것, 많은 사람을 통해 많은 앎을 얻는 것, 그리고 그 모두를 통해 마침내 현명해지는 일에는 놀라운 기술이 필요하다. 훗날 공적인 자리에서 발언할 기회가 주어질 때, 당신의 입을 통해 흘러나오는 지혜는 미리 조언을 구해 두었던 현자들의 수만큼 풍부해질 것이다. 결국 당신은 그들의 수고를 통해 예언자와도 같

◆ 고대 아르메니아의 왕

은 명성을 얻게 된다.

　이렇게 당신을 위해 봉사하는 조언자들은 최고의 서적들에서 정수를 뽑아 지혜의 핵심만을 제공한다. 만약 이러한 현자들을 하인으로 둘 수 없다면, 최소한 친구로라도 곁에 두어야 한다.

16

지식과 선의

지식은 선의와 함께 할 때 성공을 지속시킨다. 훌륭한 지성이지만 악의와 결합한 경우 언제나 부자연스러운 괴물을 낳았다. 사악한 의지가 결합되면 모든 탁월함은 독이 되고 거기에 지식의 도움을 받으면 더욱 교묘한 파멸을 초래할 뿐이다. 파멸만을 낳는 우월함은 비참한 우월함이고 분별력 없는 지식은 어리석음을 가중시킨다.

행동 방식을 다양하게 하라

항상 같은 방식만 고수하지 말고, 상대방의 주의를 분산시키도록 행동하라. 특히 경쟁자가 있을 경우 더욱 그렇다. 항상 첫 번째 충동대로만 행동하지 마라. 상대방은 곧 그 균일함을 알아차리고 당신의 계획을 예측하여 좌절시킬 것이다. 곧장 날아가는 새는 잡기 쉽지만, 이리저리 방향을 트는 새는 그렇지 않다. 그렇다고 항상 두 번째 숙고대로만 행동해서도 안 된다. 상대방은 두 번째에 그 계획을 간파할 수 있다. 적은 항상 경계하고 있으며, 그를 피하기 위해서는 위대한 기술이 필요하다. 노련한 도박꾼은 상대가 예상하는 카드를 절대 내지 않으며, 상대가 원하는 카드는 더더욱 내지 않는다.

18

노력과 재능

노력과 재능이 없이는 높은 지위에 이를 수 없으며, 최고의 경지에 오르려면 둘을 합쳐야 한다. 능력만 뛰어나고 노력하지 않는 것보다 평범한 능력이라도 꾸준히 노력하는 쪽이 더 많은 것을 얻는다. 명성은 그냥 생겨나지 않는다. 그 대가로 '노력'을 해야 한다. 값싸게 얻은 것은 그만큼 가치도 낮다. 최고의 자리에 오르는 데도 부족한 것은 대개 노력이지, 재능이 아니다. 높은 자리에서 적당한 성공을 택하는 것은 고결한 마음 때문이라고 변명할 수 있지만, 최고로 빛날 수 있으면서도 낮은 곳의 평범함에 만족하는 것은 변명의 여지가 없다. 따라서 소질과 기술, 모두가 필요하며, 그 둘 위에 성공의 봉인을 찍는 것이 바로 노력이다.

너무 기대를 불러일으키지 말라

유명인들은 사전에 형성된 기대를 끝내 충족시키지 못해 불행을 겪는 일이 흔하다. 현실은 결코 상상과 같을 수 없기에, 이상을 품는 일은 쉬워도 그것을 실현하기는 극히 어렵다. 상상력은 희망과 결합하여 사물 그 자체보다 훨씬 더 많은 것을 기대하게 만든다. 아무리 뛰어난 장점이라 해도 과도한 기대를 채우기에는 충분하지 않으며, 사람들은 기대가 클수록 실망 속에서 감탄 대신 환멸을 느끼기 쉽다. 희망은 진실을 크게 왜곡하므로, 이를 기술적으로 경계하고 언제나 결과가 기대를 넘어서는 방향으로 처신하라. 처음 몇 차례의 훌륭한 시도만으로도 호기심을 불러일으키기에는 충분하며, 애초부터 최종 목표에 얽매일 필요는 없다.

계획보다 현실이 더 낫고, 예상보다 결과가 뛰어난 편이 훨씬 바람직하다. 다만, 이는 악인에게는 적용되지 않는다. 악인의 경우에는 부풀려진 악명이 오히려 도움이 된다. 결과가 나쁘더라도 사람들은 더 큰 재앙은 아니어서 다행이라고 여기며 분노를 거두고, 안도 속에서 박수로 반응한다.

20

비범한 사람과 그 시대

뛰어난 인물일수록 자신과 맞는 시대가 따로 있다. 모든 사람이 자신에게 걸맞은 시대를 만나는 것은 아니며, 설령 만난다 해도 그 기회를 제대로 활용하지 못하는 경우가 많다. 모든 훌륭한 자질이 항상 빛을 보는 세상이 아니기에, 어떤 인물들은 마땅히 더 나은 시대에 태어나야 맞지만 그리하지 못한다. 모든 것에는 자신의 때가 있고, 심지어 탁월함조차도 그것에 맞는 시대가 있다. 그러나 현자에게는 하나의 이점이 있다. 바로 시대를 초월한다는 것이다. 설령 지금 시대가 그를 알아보지 못한다고 하더라도, 미래의 많은 시대들은 그를 알아볼 것이다.

21

행운을 얻는 기술

행운에도 법칙이 있다. 현명한 사람에게 행운이란 전적으로 우연만은 아니다. 주의 깊은 노력으로 얼마든지 행운을 얻을 수 있다. 어떤 이들은 운명의 문 앞에 당당히 서서 문이 열리기를 기다리며 그것으로 만족한다. 하지만 더 현명한 이들은 다르게 행동한다. 그들은 영리함과 대담함을 활용하여 앞으로 밀고 나아가고, 자신의 미덕과 용기로 날개 짓하며 행운의 여신에게 다가가 그녀의 호의를 얻어낸다.

진정한 철학의 잣대로 보면 심판자는 미덕과 통찰력이다. 왜냐하면 행운이나 불운은 결국 지혜가 있느냐 없느냐의 문제이기 때문이다.

22

알맞은 지식을 가진 사람

현명한 사람들은 단순히 지식을 쌓지 않고 세련되고 우아한 방식으로 지식을 무기 삼는다. 그들이 가진 지식은 평범한 것이 아니라, 세상 돌아가는 상황을 꿰뚫어 보는 전문가에 가까운 실용적인 통찰력이다. 그들은 현명하고 재치 있는 말과 고결한 행동 사례들을 풍부하게 가지고 있으며, 이를 적절한 때에 활용할 줄 안다. 때로는 가장 진지한 가르침보다도 재치 있는 농담 하나가 더 많은 것을 깨닫게 해주는 것과 같다. 아무리 고상한 교양 학문일지라도, 상황에 즉시 적용할 수 있는 알맞은 지식은 어떤 사람들에게는 일곱 가지의 고전 학문◆을 섭렵하는 것보다 훨씬 더 도움이 된다.

◆　문법, 수사학, 논리학, 대수학, 기하학, 천문학, 음악이라는 7가지 고전 학문

흠결이 없어야 한다

흠결이 없어야 완벽할 수 있다. 육체적이든 도덕적이든 어떤 약점도 없이 사는 사람은 드물지만, 사람들은 종종 쉽게 고칠 수 있는 약점조차 감싸버린다. 그러나 타인의 예리한 시선은 고상한 자질 전체에 흠이 되는 사소한 결점을 발견하고 안타까워한다. 작은 구름 한 점이 태양 전체를 가려버리는 것과 같기 때문이다. 마찬가지로 우리의 평판에도 흠집이 있으며, 악의를 가진 이들은 이를 금세 찾아내고 들춰낸다. 가장 뛰어난 기술은 그 결점 자체를 오히려 하나의 장식으로 바꾸는 것이다. 율리우스 카이사르가 자신의 신체적 결점인 탈모를 월계관으로 감췄던 것과 같은 이치다.

상상력을 통제하라

상상력은 때로는 교정하기도 하고, 때로는 부풀리기도 하는 등 통제하에 두어야 한다. 상상력은 우리의 행복에 매우 중요하며, 이성을 바로잡아 주기도 한다. 하지만 상상력은 폭군처럼 굴 수도 있다. 그것은 우리 삶을 바라보는 것에 멈추지 않고, 우리 삶을 지배하며 행복을 만들기도, 그것이 가져올 어리석음으로 불행을 만들기도 한다. 상상력은 우리를 자신에 대해 만족하게 만들 수도 있고 불만족스럽게 만들 수도 있다. 어떤 사람들에게는 행동의 대가로 치러야 할 벌칙들을 끊임없이 보여주어 어리석음을 괴롭히는 채찍으로 작용하고, 또 다른 사람들에게는 황홀한 망상으로 행복과 모험을 약속한다. 신중하게 자기를 다스려 상상력을 통제하에 두지 않는다면 상상력에 의해 이 모든 것이 일어날 수 있다.

눈치를 파악하는 법

한때는 말을 잘하는 것이 최고의 기술이었지만, 이제는 그것만으로는 충분하지 않다. 우리는 어떤 암시를 빨리 받아들이는 법을 알아야 한다. 특히 자신에 대한 잘못된 생각이나 환상에서 벗어날 때 그러하다. 스스로 쉽게 이해하지 못하는 사람은 남에게 자신을 이해시킬 수도 없다. 반면, 마음을 짐작하고 의도를 꿰뚫어 보는 척 행동하는 사람들도 있다. 우리에게 중요한 진실은 절반 밖에 말할 수 없지만, 주의를 기울이면 우리는 그 전체 의미를 파악할 수 있다. 호의적인 내용을 들을 때는 쉽게 믿고 싶은 마음을 단단히 붙잡되 불리한 내용을 들을 때는 그것을 더 깊이 파헤치도록 채찍질하라.

26

사람마다 가진 약점을 찾아라

이것은 타인의 의지를 움직이게 하는 기술이다. 이는 결단력보다는 더 많은 노련함을 요한다. 누구나 약점이 있고 그것이 어디에 있는지 알아야 한다. 모든 의지는 각자의 동기가 있고 동기는 취향에 따라 달라진다. 모든 인간은 우상 숭배자다. 어떤 이는 명성을, 어떤 이는 사리사욕을, 대부분은 쾌락을 우상으로 삼는다. 노련함이란 바로 이러한 우상들을 파악하여 그런 우상을 지닌 사람들을 움직이게 하는 데 있다. 어떤 사람의 동기를 알게 되면, 당신은 그의 의지를 움직이게 하는 열쇠를 쥔 것과 같다. 그들의 원초적 동기를 활용하라. 그것은 대개 그 사람의 본성 중 고귀한 부분보다는 가장 저열한 부분인 경우가 많다. 사람들은 잘 조직된 성향보다는 뒤죽박죽인 성향을 가진 경우가 더 많기 때문이다. 먼저 그 사람의 지배적인 열정을 추측하고, 한마디로 그것에 호소하며, 유혹으로 그것을 움직이게 하라. 그렇게 하면 그의 자유 의지에 결정적인 일격을 가하게 될 것이다.

27

넓이보다 깊이를 중시하라

　탁월함은 양이 아닌 질에 있다. 가장 좋은 것은 항상 소수이며 희귀하다. 양이 많아지면 가치는 떨어진다. 마찬가지로 사람들 사이에서 거인으로 불리나 속은 빈 난쟁이도 많다. 어떤 사람들은 책의 가치를 두께로 판단한다. 책이 생각을 위한 것이 아니라 팔 힘을 겨루기 위해 쓰이기라도 한 것처럼 말이다. 넓게 아는 것만으로는 결코 평범함을 뛰어넘을 수 없다. 모든 분야에 능통하려 하는 보편적 천재들의 불행은 모든 곳에 있으려다가 정작 어느 곳에도 뿌리를 내리지 못하는 것이다. 깊고 강렬함은 뛰어남을 부여하며, 그것이 숭고한 문제라면 인간을 영웅적인 경지로까지 끌어 올린다.

28

모든 면에서 평범하지 않아야 한다

첫째, 평범한 취향은 갖지 말라. 훌륭하고 현명하다면 당신의 행동이 대중을 만족시킬 때 오히려 불편함을 느낄 것이다. 현명한 사람은 대중의 과도한 환호에 결코 만족하지 못한다. 어떤 이들은 인기에 민감한 카멜레온 같아서, 예술의 신 아폴로의 달콤한 풍미보다는 대중의 입김에서 즐거움을 찾는다.

둘째, 지성에서도 평범하지 말라. 대중의 경이에 기뻐하지 말라. 무지함은 경이 이상을 넘어가지 못하기 때문이다. 우둔한 사람들이 경이로워하는 동안, 지혜는 그 속에 숨겨진 속임수를 살핀다.

강직한 사람

강직한 사람은 올바름이라는 원칙에 끈기 있게 매달리기에, 대중의 열광이나 폭군의 폭력조차도 그가 올바름에서 벗어나게 만들 수 없다. 하지만 누가 정의의 불사조가 될 수 있을까? 강직함을 따르는 자들은 얼마나 적은가! 많은 사람들이 강직함을 칭찬하지만, 그것은 다른 사람들에게 요구할 때나 그렇다. 어떤 이들은 위험이 닥칠 때까지는 강직함을 따르지만, 막상 닥치면 거짓된 자들은 그것을 부인하고, 영악한 정치가들은 그것을 숨긴다.

강직함은 우정, 권력, 심지어 사리사욕과도 부딪히기에, 그때부터는 강직함을 버리는 사람이 많다. 그때 교활한 사람들은 상사나 국가의 명분에 거스르지 않기 위해 그럴듯한 변명을 만든다. 그러나 강직하고 일관된 사람들은 이런 변명을 일종의 배신으로 간주하며, 영리함보다는 강인한 끈기에 더 큰 가치를 둔다. 그러한 사람들은 항상 진실 편에 있으며, 설령 어떤 편을 떠난다면 그것은 변덕 때문이 아니라, 그 편의 사람들이 먼저 진실을 버렸기 때문이다.

30

평판이 나쁜 일에는 관여하지 말라

좋은 평판은 커녕 악명만 높이는 헛된 유행은 더더욱 피하라. 세상에는 별난 집단들이 많이 있는데, 신중한 사람은 이 모든 것으로부터 도망쳐야 한다. 현명한 사람들이 멀리하는 것들을 마음에 품는 기이한 취향들이 있다. 그들은 특이성을 사랑하며 살아간다. 이로 인해 그들이 눈에 띌지는 모르지만, 조롱의 대상으로 유명해지는 것이다. 신중한 사람은 자신의 지혜를 떠벌리지 않으며, 하물며 그 추종자들을 우스꽝스럽게 만드는 일들은 더더욱 하지 않는다. 이러한 일들이 뭔지는 굳이 말할 필요가 없다. 이미 대중이 경멸하는 것들로 잘 알려져 있기 때문이다.

운 좋은 사람을 선택하고
불운한 자를 피하라

　불운은 대개 어리석음의 대가다. 불운은 가까운 사람들에게 병처럼 치명적으로 전염된다. 작은 불행에도 문을 열어주지 말라. 그 뒤를 따라 다른 더 큰 불행들이 숨어 들어오기 때문이다. 카드 게임에서 가장 큰 기술은 언제 버릴지 아는 것이다.

　지난 게임의 으뜸 패보다 현재 게임의 자신 손 안에 있는 카드 한 장이 더 가치 있다. 의심스러울 때는 현명하고 신중한 사람들을 따르라. 얼마 안 있어 그들은 승리를 거둔다.

자애로움이라는 명성을 얻어라

높은 자리에 있는 고귀하고 강한 이들에게 가장 큰 영광은 은혜로움을 베푸는 것이다. 왕의 특권은 전 세계의 호의를 얻는 것이며, 권위 있는 위치에 있다는 것의 진짜 장점은 다른 사람들보다 더 많은 선행을 베풀 수 있다는 데 있다. 친절하게 행동하는 사람은 친구를 얻는다. 반대로 어떤 사람들은 괜히 불친절하게 하는 경우가 있다. 그것은 친절하기 어려워서가 아니라 성품이 나빠서다. 그들은 모든 면에서 신의 은총과는 반대된다.

33

물러날 때를 알아라

거절하는 법을 아는 것도 인생에서 크게 배워야 할 일이지만, 일과 사람 모두에서 자신을 자제하고 물러날 줄 아는 것은 훨씬 더 큰 교훈이다. 소중한 시간을 갉아먹는 불필요한 일들이 있다. 자신과 상관없는 일에 몰두하는 것은 아무것도 하지 않는 것보다 더 나쁘다. 신중한 사람은 남에게 간섭하지 않는 것만으로는 부족하며, 남이 자신에게 간섭하지 않도록 살펴야 한다. 모두에게 속하느라 정작 자신에게는 전혀 속하지 못하는 상태가 되어선 안 된다. 친구 관계에서도 마찬가지다. 그들의 도움을 남용해서는 안 되며, 그들이 스스로 내줄 수 있는 것 이상을 요구해서도 안 된다. 모든 과잉은 문제를 낳고 개인적인 교제에 있어서는 더욱 그렇다. 현명하게 절제하는 것이 모두의 호의와 존경을 가장 잘 지키는 방법이다. 그래야 소중한 예의가 시간이 지나도 닳아 없어지지 않는다. 결국 당신은 뛰어난 사람들을 선택하여 가까이 두는 자유로운 능력을 유지하고 사회적 품위를 잃지 않게 될 것이다.

34

자신의 강점을 파악하라

　강점을 잘 키우면 나머지 능력들도 함께 자란다. 사람은 누구나 자신이 잘하는 걸 제대로 알기만 했다면 무언가에서 뛰어났을 것이다. 남들보다 특히 잘하는 게 무엇인지 찾아서 그 부분을 책임지고 키워라. 어떤 사람은 판단력이 뛰어나고, 어떤 사람은 용기가 뛰어나다. 하지만 많은 사람은 자신이 타고나기를 잘하는 어떤 것에 반해 엉뚱한 데 힘을 쓰다가 결국 어떤 분야에서도 뛰어나지 못한다. 사람들은 자신이 욕망 때문에 힘썼던 것이 자신이 잘하는 분야가 아니었음을 오직 시간이 지나야 깨닫게 된다.

깊이 생각하고,
중요한 일의 경우엔 더더욱 그렇게 하라

어리석은 사람들은 생각이 부족해서 괴로워한다. 그들은 상황의 절반도 제대로 보지 못하고, 자기에게 이득인지 손해인지조차 신경 쓰지 않으니 당연히 그것을 위해 어떤 노력도 기울이지 않는다. 어떤 사람은 중요하지 않은 걸 지나치게 크게 보고, 정말 중요한 건 대수롭지 않게 여기며 늘 잘못된 저울질을 한다. 많은 사람이 잃을 상식조차 갖고 있지를 않다. 어떤 문제는 마음을 집중해서 관찰하고, 마음 깊은 곳에 새겨 두어야 한다.

현명한 사람은 모든 것을 생각하되, 심오한 문제가 있을 때는 특히 더 심오하게 생각하며, 혹시 자신이 생각하는 것보다 더 많은 것이 숨어 있지 않을까 고민한다. 그렇게 그의 이해력은 지각하는 만큼 확장된다.

36

행동할 때든, 그만두려 할 때든, 자신의 운을 헤아려라

성격만 보는 것보다 때로는 운이 더 중요하다. 나이를 한참 먹고 나서야 히포크라테스♦를 찾아 건강을 묻는 사람도 어리석지만, 그 나이에 처음으로 세네카●에게 지혜를 구하는 사람은 더 어리석다. 운을 기다리는 중에도 그것을 어떻게 이끌어갈지 아는 것은 대단한 기술이다. 운은 주기가 있고 기회가 있지만, 그 방향이 불규칙해 예상하기 어렵기 때문이다. 운이 자신에게 유리하다 싶을 때는 과감하게 나아가라. 그러나 운이 안 좋을 때는 조용히 물러나 있으라. 그래야 불운이 커지는 것을 막을 수 있다.

♦ 의학의 아버지
● 지혜, 도덕을 설파한 로마의 스토아학파 철학자

약간의 냉소를 비축하여
적절히 사용하라

사람 사이에서 이것만큼 섬세한 기술도 드물다. 이러한 풍자적인 말들은 종종 사람들의 기분을 시험하기 위해 던져지며, 이를 통해 상대방의 미묘한 마음 상태를 통찰력 있게 파악할 수 있다. 한편 독이 담긴 풍자도 있는데, 시기, 분노, 적대감이 섞인 말들은 듣는 순간 호의와 존경을 바로 파괴해 버린다. 이런 종류의 냉소적인 말 한마디에 상처를 입어, 많은 사람이 상사나 부하와의 가장 가까웠던 친밀한 관계에서 멀어지곤 한다. 대중의 험담이나 개인적인 악의가 아무리 총동원되어도 결코 흔들리지 않았던 관계였음에도 불구하고 말이다. 그러나 잘 쓰인 풍자는 호의적으로 작용하여, 평판을 확고히 하고 돕기도 한다. 뛰어난 기술로 냉소적인 말을 던질수록 그것을 받는 사람은 더 조심해야 하며, 그 말이 던져질 것을 미리 예측해야 한다. 미묘한 냉소의 말을 미리 예측하는 지혜는 가장 강력한 방어책이며, 예측된 냉소는 상처를 주지 못한다.

38

운이 좋을 때는
적당한 시점에서 물러나라

훌륭한 선수들은 모두 이 기술을 안다. 멋진 후퇴는 용감한 공격만큼 가치가 있다. 성과가 충분하거나 많은 편일 때는 그 성과를 덮어 두라. 운이 계속 이어지는 건 언제나 의심스러운 법이다. 중간에 한 번 끊어지는 것이 더 안전하다. 오히려 약간의 쓴맛이 섞여야 더 깊은 만족을 준다.

운이 높이 쌓일수록 미끄러질 위험이 커지고, 그러면 모든 것이 무너진다. 운은 그 은혜가 강렬할수록 지속 시간이 짧다. 행운의 여신은 한 사람을 오래 떠받들고 다니는 것을 금방 지겨워한다.

무르익었을 때를
알고 즐겨라

자연의 모든 것은 일정 시점의 성숙도에 도달하며 그때까지는 발전하지만, 그 이후에는 퇴보한다. 더 손댈 필요 없는 완성에 이른 예술 작품은 거의 없다. 모든 것을 가장 무르익었을 때 즐길 줄 아는 것은 훌륭한 안목이 가진 특권이다. 하지만 그 순간을 즐기지도 못하고 또 그 순간을 알지도 못하는 경우가 많다. 지성의 결실에도 무르익는 시점이 있다. 이것을 언제 사용하고 언제 그것으로 이익을 얻어야 할지 아는 것이 중요하다.

40

사람들의 호의를 얻는 법

모두에게 존경받는 것도 대단하지만, 모두에게 사랑받는 것은 더 대단한 일이다. 어떤 것은 타고난 기질에 달려 있지만 더 많은 것이 연습에 달려 있다. 천성이 바탕을 만들고, 노력으로 그 위에 결실을 맺는 것이다. 뛰어난 재능은 당연히 갖춰야 할 전제 조건이지만, 그것만으로는 충분치 않다. 좋은 평판을 얻어야, 그다음에 사람들의 호의도 쉽게 따라온다. 그러려면 말뿐 아니라 행동에서도 친절함이 필요하다. 말과 행동 모두로 친절을 베풀고, 사랑받고 싶다면 먼저 사랑해야 한다.

예의 바름은 위대한 인물들이 사용하는 교묘한 마법이다. 먼저 행동으로 성과를 내고 나서 글로 표현하라. 행동 다음에 오는 글은 작가들의 호의를 얻으며 그들의 호의는 글을 통해 영원히 지속되기 때문이다.

41

절대 과장하지 말라

최고나 최상 같은 표현을 함부로 쓰지 않는 것은 중요한 일이다. 그래야 거짓말을 하지 않게 되고, 다른 사람들이 생각 없는 사람으로 보는 것을 피할 수 있다. 뭔가를 과장해서 말하는 것은 판단력을 낭비하는 일이며 지식이나 안목이 부족하다는 것을 스스로 드러내는 꼴이 된다.

칭찬은 사람들의 관심을 끌고, 욕망을 불러일으키지만 실제로 경험해 보니 기대만큼 좋지 않으면(사실, 보통은 그렇다), 사람들은 속았다고 느끼고 반발심을 느낀다. 그러면 추천받은 대상뿐만 아니라 추천한 사람까지도 나쁘게 평가하게 된다. 신중한 사람은 말할 때 항상 더 조심스러우며 '너무 많이 말해서 생기는 실수'보다 '말을 아껴서 생기는 실수'를 택한다. 정말로 훌륭한 것은 드물다. 그러니 평범한 것을 평가할 때는 적당한 표현을 해야 한다. 과장은 거짓말의 일종이다. 그렇게 하면 '좋은 것을 알아보는 눈'을 잃게 되고, 더 중요한 '상황을 제대로 판단하는 능력'까지 잃게 된다.

42

타고난 지배자

진짜 우월함은 꾸미거나 속여서 얻는 게 아니라, 타고난 통치력에서 나온다. 사람들은 왜인지도 모르고 이런 사람에게 자연스럽게 따른다. 타고난 권위에서 느껴지는 비밀스러운 활력 때문이다. 이런 사람들은 타고나기를 왕과 같은 권위를 가지며 본성은 사자 같은 위엄을 지닌다. 그들은 존경심을 불러일으켜 다른 사람들의 마음과 생각을 사로잡는다. 다른 능력까지 받쳐준다면, 이런 사람들은 나라를 움직일 주요 동력이 될 것이다. 그들은 긴 연설보다 단 한 번의 몸짓으로 더 큰 영향을 미친다.

생각은 소수처럼 하고 말은 다수에 맞춰라

흐름을 거슬러 올라가듯 다수의 생각과 정면으로 싸워서는 잘 못을 바로잡기 어렵다. 오히려 위험에 빠지기 쉬운데 이런 일은 오 직 소크라테스처럼 특별한 사람만이 감당할 수 있다. 남의 의견 을 반대하는 것은 그 사람이 틀렸다고 말하는 것처럼 들리기 때 문에 상대는 모욕으로 느낀다.

현명한 사람은 사람들이 많은 곳에서 자신의 진짜 생각을 모두 말하지 않는다. 자신의 진짜 생각에 반할지라도 대중의 목소리로 말한다. 현명한 사람은 남을 반박하지 않으며 반박당하는 것도 피 한다. 마음속에서는 판단이 서 있지만, 그걸 아무 데서나 드러내지 않는다. 그래서 진짜 현명한 사람은 침묵 속으로 물러나며, 은밀하 게 소수의 적절한 사람 앞에서만 조심스럽게 말을 꺼낸다.

위대한 정신과의 교감

위대한 정신과 교감할 수 있다는 것은 위대한 자질을 지녔기 때문이다. 마치 자연의 기적처럼 신비롭고 유용하다. 마음과 정신에는 자연스러운 친화력이 있는데, 그 효과가 너무나 커서 평범하고 무지한 사람들은 마법 같다고 생각할 정도다. 존경심이 생기면 호의가 뒤따르고, 때로는 애정까지 이른다. 이 교감은 말없이 설득하고, 노력 없이도 마음을 얻게 한다. 이러한 교감은 때로는 능동적이고, 때로는 수동적인데, 두 경우 모두 똑같이 행복을 가져다준다. 그리고 이 교감이 더 숭고할수록, 더 큰 행복을 준다. 위대한 정신을 인지하고, 구분하고, 활용하는 것은 위대한 기술이다. 타고난 공감 능력 없이는 아무리 노력해도 소용없다.

45

꾀를 부리되 남용하지는 말라

꾀를 부리는 것은 즐겨서도 안 되며, 자랑해서는 더더욱 안 된다. 모든 인위적인 것은 숨겨야 하며, 특히 사람들이 싫어하는 꾀와 술수는 더욱 그러하다. 속임수는 흔한 것으로, 우리의 경계심을 두 배로 높여야 하지만 그 경계심을 드러내서는 안 된다. 그러면 다른 사람들의 불신을 키우고, 짜증을 유발하며, 복수심까지 일으키는 등 상상하는 것보다 더 많은 해악을 낳는다.

신중함은 행동에 큰 이점이 되며, 이보다 더 큰 지혜는 없다. 가장 뛰어난 기술이란 술수 없이 오직 숙련된 실력으로 완수하는 능력이다.

46

자신의 반감을 다스려라

우리는 가끔 사람을 제대로 알기도 전에 싫어하는 마음을 갖게 된다. 더 안 좋은 건, 이 타고나기를 천박한 반감이 훌륭한 사람을 향해 나타날 때다. 지혜로운 사람은 이런 감정을 다스릴 줄 안다. 왜냐하면 자신보다 나은 사람을 싫어하는 것보다 더 수치스러운 일은 없기 때문이다. 위대한 사람을 좋아하는 마음은 우리를 더 고귀하게 만들지만, 그들을 미워하는 마음은 오히려 우리를 더 초라하게 만든다.

명예와 관련된 문제는 애초에 피하라

이는 신중한 사람이라면 추구해야 할 가장 중요한 목표 중 하나다. 뛰어난 능력을 가진 사람들은 극단적인 상황을 멀리하고 항상 신중함이라는 중간 지점에 머물기 때문에, 그 신중함을 뚫고 극단적인 상황으로 가는 것에는 시간이 걸린다. 명예 문제가 생겨 거기서 훌륭하게 벗어나는 것보다 처음부터 그런 문제를 피하는 것이 더 쉽다. 명예 문제는 우리의 판단력을 시험한다. 거기서 승리하는 것보다 피하는 것이 더 낫다. 하나의 명예 문제가 또 다른 문제로 이어지고, 결국 불명예스러운 일로 변질될 수 있기 때문이다. 어떤 사람들은 타고난 성향이나 문화적인 배경 때문에 명예를 위한 싸움에 쉽게 뛰어들곤 한다. 하지만 이성을 발휘할 줄 아는 사람이라면, 오래 생각하고 신중하게 접근한다. 명예 문제에서 승리하는 것보다, 아예 그 문제를 받아들이지 않는 데 더 큰 용기가 필요하다. 만약 어떤 어리석은 사람이 싸울 준비가 되어 있다면, 그 싸움을 거절해야 어리석은 사람이 되지 않는다.

48

내면에 철저하라

얼마나 많은 것이 그 사람에게 달려 있는가. 내면은 적어도 외면만큼 충실해야 한다. 겉모습만 번지르르한 사람들이 있다. 웅장한 궁궐 현관을 해놓고 안은 오두막 방으로 이어지는 집과 같다. 당신을 지루하게 하는 사람들임에도 뭐가 있나 파고들어 봤자 소용없다. 첫인사 후 대화는 시들해지기 때문이다. 그들은 처음에는 마치 시칠리아산 준마처럼 화려하고 의례적인 인사말을 뽐내며 돌진하지만, 곧 침묵이 뒤따른다. 생각의 샘이 없는 곳에서는 말은 흐르지 않기 때문이다. 겉모습만 보기 때문에 속아 넘어가는 사람들이 있다. 하지만 신중한 사람들은 속지 않는다. 신중한 사람들은 그들의 내면을 들여다보고 경멸할 만한 것 말고는 아무것도 없다는 것을 발견하기 때문이다.

관찰력과 판단력

관찰력과 판단력을 지닌 사람은 사물에 끌려 다니지 않고, 도리어 사물을 다스린다. 그는 단번에 가장 깊은 곳까지 파고들어 본질을 꿰뚫어 본다. 마치 얼굴을 보고 마음을 읽는 관상가처럼, 그는 사람의 내면을 해독하는 골상학자 같다. 그는 상대를 보는 즉시 이해하며, 그 사람의 가장 깊은 본성을 판단한다. 몇 가지 관찰만으로도 그는 그 사람 본성의 가장 은밀한 영역까지 읽어낸다. 날카로운 관찰, 섬세한 통찰, 그리고 현명한 추론, 이러한 능력으로 그는 모든 것을 발견하고, 주의 깊게 살피며, 완전히 파악하고, 깊이 이해한다.

50

자존심을 잃지 말라

그러나 스스로에게 지나치게 관대해지지도 말라. 당신의 올바른 감각이 곧 당신 정직함의 진짜 기준이 되어야 한다. 그리고 외부의 어떤 처벌보다도 스스로에게 내리는 엄격한 판단을 더 중요한 규범으로 삼아라. 보기 흉하거나 부적절한 일을 피해야 하는 이유는 외부 권위가 두렵기 때문이 아니라, 당신 자신의 자존심을 지키기 위해서다. 이 점을 늘 기억한다면, 세네카가 말한 '가상의 가정교사♦'는 굳이 필요하지 않을 것이다.

♦ 세네카가 자신의 철학서에서 언급한 개념으로, 자기반성과 상상 속의 도덕적 멘토를 의미한다.

선택을 잘하는 법을 알아야 한다

인생의 대부분은 바로 그 능력에 달려 있다. 좋은 선택을 하려면 훌륭한 안목과 정확한 판단력이 필요하다. 그러나 이것은 단순한 지능이나 지식만으로는 충분하지 않다. 남에게 선택받는 사람이 되기 위해서는, 먼저 스스로 선택할 줄 아는 사람이 되어야 한다. 이를 위해 두 가지 능력이 필요하다. 하나는 주저하지 않고 선택할 수 있는 결단력, 그리고 다른 하나는 그중에서도 최고를 선택할 줄 아는 능력이다. 놀랍게도, 왕성하고 예민한 지성, 날카로운 판단력, 풍부한 학식과 뛰어난 관찰력을 갖추고도 막상 선택의 순간만 되면 갈피를 못 잡는 사람들이 많다. 그들은 마치 일부러 잘못된 길을 택하는 것처럼 항상 최악의 선택을 한다. 그러므로 선택을 잘하는 능력은 하늘이 주는 가장 위대한 선물 가운데 하나다.

52

절대 평정심을 잃지 말라

당황하지 않는 것, 이것이 신중함이 추구해야 할 가장 중요한 목표다. 이는 진실된 인간, 고귀한 마음의 증표이니, 위대한 정신은 쉽게 흔들리지 않기 때문이다. 격정은 영혼의 변덕스러운 기질이므로, 조금이라도 지나치면 신중함이 약해진다. 만약 그 격정이 입을 통해 터져 나온다면, 평판은 위태로워질 것이다. 그러므로 사람은 자신을 철저하게 지배해야 한다. 좋은 상황에서든, 불리한 상황에서든, 그 어떤 것도 평정심을 방해하여 명성에 손상을 입히도록 놓아두어서는 안 된다. 나아가, 자신의 우월함을 보여줌으로써 오히려 명성을 더욱 드높여야 한다.

부지런함과 지능

부지런함은 지성이 천천히 깊이 생각하여 고안해 낸 것을 신속하게 실행한다. 서두름은 어리석은 자들의 단점이다. 그들은 핵심을 알지 못하고 준비 없이 일에 착수한다. 반면에, 현명한 사람들은 종종 미루는 습관때문에 실패한다. 선견지명은 신중한 심사숙고를 낳지만, 지체된 행동은 종종 신속한 판단의 효과를 무효화시킨다. 신속함은 행운의 어머니다. 오늘 할 일을 내일로 미루지 않는 사람은 많은 것을 이룬 것이다. '페스티나 렌테(천천히 서둘러라)♦'는 왕의 좌우명이다.

♦ 페스티나 렌테(Festina Lente)는 라틴어 구절로 보통 '천천히 서둘러라'라고 해석하며 아우구스투스 황제가 자주 쓴 표현

54

이를 드러낼 줄 알아라

사자가 죽은 뒤에는 토끼라도 갈기를 뽑을 수 있다는 말이 있다. 용기란 그런 우스운 장난이 아니다. 처음 한 번 물러서면 두 번째, 세 번째로 계속 밀려 결국 마지막까지 내주고 만다. 초기에 단단히 버텼다면 피하지 않아도 되었을 고생을 하게 된다.

도덕적 용기는 육체적 용기보다 더 고귀하다. 그것은 신중함의 칼집에 꽂힌 채 언제든 뽑아 쓸 준비가 된 정신의 검이다. 높은 지위를 지켜주는 든든한 방패도 바로 이 도덕적 용기다. 육체적 겁쟁이보다 도덕적 겁쟁이가 훨씬 더 비천해 보인다. 많은 이들이 뛰어난 재능을 가졌지만, 그 마음이 단단하지 못해 생기가 빠지고, 결국 게으름과 무기력 속에 파묻혀 사라졌다. 현명한 자연은 벌에게 꿀의 달콤함과 침의 날카로움을 사려 깊게 결합해 놓았음을 기억하라.

기다려라

서두르지 않고, 격정에 휘둘리지 않는 마음은 인내라는 축복을 지닌 고귀한 영혼의 표지다. 남을 다스리고 싶다면, 먼저 자신을 다스릴 줄 알아야 한다. 기회라는 중심에 도달하기 위해서는 먼저 시간의 둘레를 차분히 돌아야 한다. 현명한 자제력은 목표를 익게 만들고, 수단을 성숙하게 만든다. 시간의 목발이 때로는 헤라클레스의 쇠몽둥이보다 더 큰 일을 이룬다. 신조차도 채찍이 아니라 시간으로 사람을 단련시킨다. '시간과 내가 함께라면 세상의 그 어떤 둘도 당해내지 못한다'는 말은 정말로 위대한 통찰이다. 행운의 여신조차 기다릴 줄 아는 자에게 가장 큰 보상을 준다.

56

기지를 발휘하라

기지는 정신이 민첩할 때 생겨난다. 정신이 가볍고 재빠르면, 위험이나 불행도 크게 두렵지 않다. 많은 사람들은 너무 깊이 생각하다가 일을 망친다. 반대로 어떤 사람들은 미리 계획하지 않아도 자연스럽게 일을 잘 해낸다. 위기일수록 능력이 빛나는, 즉 반대되는 환경에서 능력이 강화되는 기질을 가진 사람들이 있다. 이런 사람들은 즉흥적으로 하는 일은 성공하지만, 오랫동안 고민한 일에서는 실패하는 경우가 많다. 아이디어가 떠오를 때는 바로 떠오르고, 한 번 떠오르지 않으면 끝까지 나오지 않는다. 이런 민첩함은 뛰어난 능력이다. 빠른 판단력과 신중한 행동을 동시에 보여주기 때문에 찬사를 받을 만하다.

57

느리지만 확실하게

어떤 일이 제대로만 되었다면, 그것은 충분히 빠른 것이다. 빨리 이루어진 것은 빨리 무너질 수 있다. 영원히 지속되기 원한다면 영원에 가까운 긴 준비가 필요하다. 오직 탁월함만이 중요하며, 오직 성취만이 영원하다. 깊은 지성이야말로 불멸의 유일한 토대이다. 가치 있는 것은 많은 대가를 요구한다. 귀금속일수록 무게가 무거운 법이다.

58

상대에 맞춰 자신을 조정하라

모든 사람 앞에서 능력을 다 드러낼 필요는 없다. 필요 이상으로 힘을 쓰지도 말고, 지식이나 에너지를 낭비하지 말라. 능숙한 매사냥꾼은 사냥에 필요한 만큼의 새만 풀어놓는다. 오늘 모든 것을 보여주면 내일 펼칠 것이 남지 않는다. 항상 사람들을 놀라게 할 무언가를 조용히 비축해 두어라. 매일 신선한 한 수를 보여주는 것이 기대감을 유지시키고, 당신 능력의 깊이를 끝내 헤아리지 못하게 만든다.

59

마무리를 잘하라

행운의 집에서는 기쁨의 문으로 들어갔다가 슬픔의 문으로 나올 수도 있고, 그 반대일 수도 있다. 그러니 언제나 마무리를 먼저 생각해야 한다. 입구에서 받는 박수보다 품위 있는 퇴장이 훨씬 더 중요하다. 운이 나쁜 사람들에게 흔한 일은, 화려하게 시작했지만 끝은 비극적인 경우다. 중요한 것은 시작할 때 누구나 받는 그 박수가 아니라, 떠날 때 사람들이 느끼는 전체적인 인상이다. 인생에서 '앙코르'를 받을 자격이 있다고 인정되는 사람은 거의 없다. 행운의 여신도 대개 누구를 문 앞까지 배웅해 주지는 않는다. 찾아오는 손님은 따뜻하게 맞이해도, 떠나는 손님에게는 대체로 차갑기 마련이다.

60

좋은 판단력

어떤 사람들은 처음부터 현명함을 타고난다. 이런 사람들은 배움을 시작할 때 이미 절반은 익힌 셈이다. 나이와 경험이 쌓이면서 이성은 더욱 깊어지고, 마침내 건전한 판단력을 갖추게 된다. 그들은 변덕스러운 태도나 경솔한 행동을 모두 판단력을 흐리는 요소로 여기며 멀리한다. 특히 국가 운영처럼 사안의 무게가 큰 문제에서는 확실한 판단력이 무엇보다 중요하다. 이처럼 건실한 판단력을 갖춘 사람만이 비로소 조타수처럼, 혹은 키잡이처럼 국가의 방향을 맡길 만한 사람이다.

뛰어난 것에서 탁월하라

뛰어남 가운데서도 진정 탁월한 것은 가장 드문 일이다. 뛰어난 사람에게는 반드시 남들과 구별되는 더 높은 차원의 탁월함이 있다. 평범함으로는 결코 찬사를 얻을 수 없다. 어떤 지위에서든 '탁월함'을 보여주는 순간, 우리는 평범한 대중과 자연스럽게 구별되며 선택받은 소수의 반열에 오른다. 작은 자리에서 두각을 나타내는 것은 작은 것 속에서 위대함을 보여주는 것이다. 편안함이 클수록 영광은 작아진다. 반대로, 큰 사안에서 최고의 탁월함을 드러내는 사람은 감탄을 자아내고 호의를 얻으며, 그 존재는 마치 왕의 위엄과 같은 특성을 지닌다.

훌륭한 도구를 사용하라

　어떤 사람들은 일부러 보잘것없는 수단을 사용하여 자신의 기민함을 더 과시하려 든다. 그런 식의 만족은 위험하고, 때로는 치명적인 대가를 치르게 만든다. 유능한 보좌관의 뛰어남은 그를 고용한 주군의 위대함을 깎아내리지 않는다. 오히려 모든 공적의 영광은 주된 행위자에게 돌아가고, 모든 비난도 마찬가지다.

　명성은 "그는 좋은 하인을 두었구나"라고 말하지 않고, "그는 훌륭한 예술가였구나"라고 기억한다. 그러므로 조력자들은 신중하게 골라 검증하라. 당신의 불멸의 명성을 그들에게 맡겨야 하기 때문이다.

63

최초가 되는 것은 탁월함이다

어떤 분야에서 최초가 된다는 것은 그 자체로 하나의 탁월함이다. 그리고 그 최초의 자리에서조차 뛰어난 능력을 보인다면, 그것은 두 배의 탁월함이다. 경쟁자들의 역량이 비슷할 때, 가장 먼저 수를 두는 자는 압도적인 우위를 점한다. 많은 이들이 그 분야의 '최초'였다면, 진정한 불사조가 되었을 것이다. 최초로 등장한 자는 명성의 정당한 상속자가 되고, 그 뒤를 따르는 이들은 둘째 아들의 몫만을 얻는다. 그들이 무엇을 해도 세상은 그들을 모방자, 즉 앵무새 이상으로 평가하지 않을 것이다. 천재는 탁월함으로 가는 새로운 길을 스스로 개척하지만, 그 여정에는 반드시 신중함이 동행해야 한다. 현명한 이들은 자신의 사업과 시도에 담긴 참신함으로 위인들의 전당에 자신의 이름을 올린다. 그래서 어떤 이들은 더 큰 업적에서 두 번째가 되는 것보다, 차라리 덜 중요한 분야일지라도 최초가 되는 길을 선택한다.

64

걱정을 피하라

걱정을 피하는 신중함은 그 자체로 보상을 준다. 그것은 여러 고통을 덜어주며, 결국 안락함과 행복을 낳는 산파와도 같은 역할을 한다. 도움이 되지 않는다면, 나쁜 소식은 주지도 받지도 말라. 어떤 이들의 귀는 아첨의 달콤함으로 가득 차 있고, 또 어떤 이들은 험담의 쓴맛으로 채워져 있다. 심지어 미트리다테스◆가 독 없이는 살아갈 수 없었던 것처럼, 하루라도 짜증 섞인 소식이 없으면 견디지 못하는 이들도 있다. 가까운 사람이나 소중한 사람이라 할지라도, 그들에게 잠깐의 즐거움을 주려고 자신에게 평생의 고통을 떠안는 것은 올바른 방식이 아니다. 또한, 그저 조언만 하고 정작 책임은 지지 않는 사람을 기쁘게 하려고, 당신의 기회나 이익을 망쳐서도 안 된다. 남을 돕는 일이 결국 당신에게 해가 되는 모든 경우에 적용되는 한 가지 철칙이 있다. "그 사람이 지금 겪는 고통이, 당신이 나중에 헛되이 겪을 고통보다 낫다."

◆ 고대 (기원전 120년에서 63년) 폰투스 왕국을 다스린 왕으로 암살에 대비해 독을 섭취하여 독에 대한 면역력을 키웠다.

65

고상한 안목

고상한 안목은 지성처럼 훈련할 수 있다. 완벽한 지식은 욕구를 자극하고 즐거움을 증대시킨다. 당신은 그 사람의 고상한 안목을 통해 그가 고귀한 정신을 가진 사람임을 알아볼 수 있다. 위대한 정신을 만족시킬 수 있는 것은 반드시 위대한 것이어야 한다. 큰 입에는 큰 한 입이 필요하듯, 고귀한 정신에는 고상한 것이 필요하다. 고상한 안목을 가진 이들의 판단 앞에서는 가장 용감한 사람도 떨고, 가장 완벽한 것조차 자신감을 잃는다. 진정으로 중요한 것들은 드물다. 그러니 그것을 인정해 주는 것 역시 드물어야 한다. 안목은 교류를 통해 전해질 수 있다. 따라서 최고의 안목을 가진 사람들과 교제하는 것은 큰 행운이다. 그러나 모든 것에 만족 못하는 척하지는 말라. 이는 어리석음의 극치이며, 돈키호테식의 어리석음◆에서 비롯된 것보다 꾸며낸 것이라면 더욱 혐오스럽다. 어떤 사람들은 자신의 황당한 상상력을 만족시키기 위해 신이 또 다른 세상이나 다른 이상향을 만들어주길 바란다.

◆ 자신만의 망상이나 지나치게 높은 이상에 사로잡혀 헛된 싸움을 벌이는 무모함을 의미함

결과가 좋으면 모든 것이 좋다

어떤 사람들은 이기는 것보다 규칙을 얼마나 성실히 지켰는지를 더 중요하게 여긴다. 그러나 세상은 최종적으로 실패한 사람에게 그동안 얼마나 애썼는지는 거의 관심을 두지 않는다. 승리한 사람은 변명할 필요가 없다. 세상은 그가 어떤 수단을 썼는지보다, 결과가 좋았는지만 본다. 목적을 이루었다면 잃을 것은 없다.

결말이 좋으면, 과정이 다소 미흡했더라도 모든 것이 용서되고 빛난다. 그래서 때로는, 좋은 결과로 가는 다른 길이 없다면, 규칙을 벗어나는 것조차 삶의 기술 중 하나가 될 수 있다.

이목을 끄는 직업을 선호하라

세상일의 대부분은 결국 다른 사람들을 얼마나 만족시키느냐에 달려 있다. 사람들의 존중은, 따뜻한 바람이 꽃을 피우듯, 뛰어남에 생명력을 불어넣는다. 어떤 직업은 그 자체로 널리 존경을 받지만, 그보다 훨씬 중요하고 가치 있음에도 주목받지 못하는 일들도 있다. 눈에 잘 띄는 일은 자연스럽게 환영과 인기를 얻는다. 반면, 더 드물고 더 값진 일이라 하더라도 드러나지 않으면 조용한 존중만 받을 뿐, 박수까지는 얻지 못한다. 역사를 보아도 그렇다. 군주들 가운데서 가장 크게 칭송받은 이들은 정복 군주들이었다. 아라곤 피레네 산맥 중부 아라곤◆의 왕들이 전쟁 영웅이자 정복자요 위대한 인물로 기억되는 이유도 여기에 있다. 유능한 사람이라면 누구나 사람들이 알고, 필요로 하며, 쉽게 알아볼 수 있는 역할을 선택하려 할 것이다. 그래야만 모두의 인정 속에서 자신의 이름을 오래 남길 수 있기 때문이다.

◆ 피레네 산맥 중부 아라곤 지방과 카탈루냐, 발렌시아에 걸쳐 존재했던 중세의 국가

68

기억보다는 지혜로 남을 도와라

기억은 단순히 떠올리는 데 그치지만, 지혜는 진정한 통찰을 필요로 하기 때문이다. 많은 사람들이 적절한 기회를 놓치는 이유는 그것이 떠오르지 않기 때문이다. 그런 순간에 친구의 조언이 기회를 포착하도록 도울 수 있다. 순간의 필요를 정확히 파악해 제안하는 능력은 마음의 가장 큰 선물 중 하나다. 그게 없어서 많은 일이 좌초된다. 당신에게 지혜의 빛이 있다면 그것을 나누고, 없다면 그것을 구하라. 전자는 신중하게, 후자는 간절하게 해야 한다.

조언할 때는 힌트만 던져라. 특히 상대의 이익에 관한 조언일수록 섬세함이 필요하다. 처음엔 맛보기만 주고, 부족하면 더 내놓아라. '아니오'가 나오면 '예'를 찾도록 노력하라. 거기에 요령이 있다. 대부분의 일은 시도조차 하지 않아서 실패하는 법이다.

69

흔한 충동에 굴복하지 마라

위대한 사람은 타인의 인상이 자신을 좌우하도록 내버려 두지 않는다. 자기성찰이야말로 지혜를 배우는 학교다. 자신의 성향을 알고 그것을 인정하는 것이 필요하며, 심지어 본성과 수양 사이에서 적절한 중용을 찾기 위해 그 반대 극단으로 가보는 것도 필요하다. 자신을 아는 것이 곧 자기 개선의 시작이다. 어떤 사람들은 기질이 너무 괴팍하여 항상 그 기질의 영향 아래 놓여, 그러한 충동을 자신의 진정한 성향인 것처럼 내세운다. 그들은 그러한 부조화로 인해 갈기갈기 찢어지며 모순된 의무에 얽매이게 된다. 이런 지나침은 의지의 확고함을 파괴할 뿐만 아니라, 욕망과 지식이 서로 반대 방향으로 끌어당기면서 판단력까지 상실된다.

거절하는 법을 알라

모든 일에, 그리고 모든 사람에게 항상 양보할 필요는 없다. 그러므로 거절하는 방법을 아는 것은 승낙하는 방법을 아는 것만큼이나 중요하다. 이는 특히 지위가 높은 사람들에게 해당된다. 모든 것은 어떻게 하느냐에 달려 있다. 어떤 사람의 '아니오'는 다른 사람의 '예'보다 더 높이 평가된다. 왜냐하면 금으로 장식된 거절이 성의 없는 승낙보다 더 만족스럽기 때문이다. 어떤 사람들은 항상 입에 '아니오'를 달고 다녀 모든 것을 불쾌하게 만든다. 그들에게는 항상 거절이 먼저 나오고, 결국 나중에 양보할 때도 있지만, 그 불쾌한 선언 때문에 결국 아무런 득이 되지 않는다. 단도직입적인 거절을 하여 실망감에 큰 충격을 받게 하지 말고 서서히 안된다는 것을 알게 하라.

거절이 최종으로 되게 하지 말라. 그렇게 하면 상대방의 의존관계를 파괴하게 된다. 거절을 누그러뜨리기 위해 약간의 희망을 남겨 두어라. 예의 바름이 거절로 인한 손해를 보상하게 하고, 근사한 말로 실제 행동을 대신하라. '예'와 '아니오'는 금방 말할 수 있지만, 많은 것을 생각하게 만드는 말이다.

71

우유부단하지 말라

당신의 행동은 타고난 성향이든 의도적인 연출이든, 결코 비정상적으로 보여서는 안 된다. 유능한 사람은 자신의 가장 중요한 자질에서 늘 일관성을 유지하며, 그 일관성으로 신뢰를 쌓는다. 변화가 필요할 때조차도, 그것은 충분한 숙고와 정당한 이유를 거친 뒤에 이루어진다. 그러나 행동의 문제에서 잦은 변화는 반갑지 않다. 세상에는 매일 다른 사람이 되어 버리는 이들이 있다. 그들의 지혜는 변덕스럽고, 의지는 더욱 심하게 흔들린다. 결국 그 흔들림은 삶의 방향과 운명까지 바꿔 놓는다.

어제의 흰색이 오늘은 검은색이 되고, 어제의 '예'가 오늘은 '아니오'가 된다. 그렇게 그들은 스스로 신뢰를 무너뜨리고, 마침내 타인의 신뢰마저 잃는다.

단호해져라

계획을 세울 때 망설이고 결정하지 못하는 것은, 계획을 잘못 실행하는 것보다 더 해롭다. 물은 고여 있을 때보다 흐를 때 더 적은 피해를 준다. 어떤 이들은 의지가 약해 늘 타인의 지시에 의존한다. 이것은 판단력이 부족해서가 아니다. 단지 행동으로 옮기는 능력이 없기 때문이다. 어려움을 찾아내는 것에도 능력이 필요하지만, 그 어려움을 해결할 방법을 찾는 데에는 더 큰 능력이 요구된다. 늘 곤란한 상황에 빠지지 않는 사람들이 있다. 그들의 명료한 판단과 단호한 성격은 높은 자리에 오를 자격을 갖추게 한다. 지혜로 인해 어디서부터 시작해야 할지 알고, 결단력으로 끝까지 밀고 나갈 줄 안다. 모든 일을 신속하게 처리한다. 한 가지 일을 마치면 곧바로 다음 일로 넘어갈 준비가 되어 있다. 마치 운명과 약속이라도 한 듯, 자신의 성공을 확신한다.

73

슬쩍 벗어나는 기술을 써라

영리한 사람들은 곤란한 상황을 정면으로 돌파하지 않는다. 재치 있는 말 한마디로 복잡한 문제에서 빠져나오고, 심각한 논쟁도 가벼운 농담이나 미소로 흘려보낸다. 많은 뛰어난 지도자들이 이런 기술을 몸에 익히고 있다. 거절해야 할 때조차, 화제를 바꾸는 것이 가장 예의 바른 방식일 때가 많다. 때로는 못 알아들은 척하는 것이, 가장 깊은 이해일 수도 있다.

비사교적으로 굴지 말라

야수는 숲에 있지 않고 사람들 속에 있다. 사람들에게 다가가기 어려운 태도는 대개 자기 자신을 신뢰하지 못하는 데서 비롯된다. 그런 이들의 명예는 오히려 태도를 일그러뜨려 놓는다. 심술궂게 굴면서 호의를 얻을 수는 없다. 오만과 무례를 고집하는 비사교적인 인간을 보는 것처럼 볼썽사나운 것도 없다. 불행히도 그들과 대화해야 하는 부하들은, 마치 인내와 두려움으로 무장한 채 호랑이 굴로 들어가는 사람과 같다. 이들은 자리를 얻기 전에는 모든 이에게 아첨하지만, 막상 자리를 차지하고 나면 모두를 불쾌하게 만들어 스스로를 보상하려 든다. 그들의 지위에 걸맞기 위해서는 누구에게나 다가가기 쉬워야 함에도, 오만이나 울분 탓에 그들은 누구에게도 접근하기 어려운 존재가 된다. 그런 사람들을 처벌하는 가장 정중한 방법은 그들을 그대로 내버려 두는 것이다. 교류의 기회를 주지 않음으로써, 스스로를 개선시킬 기회 또한 거두는 것이다.

영웅적인 인물을 이상형으로 선택하라

　그러나 그런 사람을 모방하기보다 경쟁하며 배워야 한다. 세상에는 위대함의 기준이자 명예를 살아 있는 교본처럼 보여주는 인물들이 있다. 누구든 자신이 몸담은 분야에서 가장 뛰어난 사람을 마음속에 두어야 한다. 그를 그대로 흉내 내기 위해서가 아니라, 스스로를 자극하고 분발하기 위해서다. 알렉산더는 아킬레스를 기려서 운 것이 아니라, 자신이 아직 아킬레스만큼 세상에 알려지지 못했기에 스스로에게 자극을 주며 울었다. 타인의 명성에서 울려 나오는 나팔 소리만큼 인간의 야망을 깨우는 것은 없다. 질투를 느끼게 만드는 바로 그 대상이야말로, 고귀한 정신을 자라게 하는 가장 강력한 자양분이 된다.

항상 농담만 하지 말라

　지혜는 진지한 순간에서 드러나며, 가벼운 재치보다 훨씬 더 값지게 평가된다. 늘 농담할 준비만 되어 있는 사람은, 정작 중요한 일을 맡을 준비가 되어 있지 않다. 농담만 일삼는 사람은 거짓말쟁이와 닮았다. 사람들이 거짓말쟁이를 믿지 않듯, 농담만 하는 사람 역시 신뢰를 얻지 못한다. 한쪽에서는 늘 거짓을, 다른 쪽에서는 늘 농담을 기대하게 되기 때문이다. 그 결과, 당신이 언제 진지하게 판단하고 말하는지 아무도 알 수 없게 된다. 이는 곧 판단력이 없는 사람으로 보이는 것과 다르지 않다. 끊임없는 농담은 결국 재미마저 소진시킨다. 많은 이들이 '재치 있는 사람'이라는 평판은 얻지만, 그 대가로 '분별 있는 사람'이라는 신뢰를 잃는다.

　농담은 잠시 머물러야 하고, 진지함은 삶의 대부분을 차지해야 한다.

상대에 따라 자신을 변화시켜라

신중한 프로테우스◆가 되어라. 박식한 사람 앞에서는 박식하게, 경건한 사람 앞에서는 경건하게 행동하라. 이것이 모든 이의 지지를 얻는 위대한 기술이다. 사람들의 호의는 곧 대중적 신뢰로 이어진다. 상대의 기분을 읽고, 상황에 따라 부드럽게 혹은 진지하게 태도를 맞추어라. 가능하다면 그들의 흐름을 따르되, 그에 맞춰 변하고 있다는 사실은 최대한 드러내지 말라. 이 능력은 특히 타인에게 의존해야 하는 위치에 있는 사람들에게 필수적이다. 그러나 이러한 처세술은 결코 쉬운 기술이 아니다. 지식으로는 보편적 천재성을 재치로는 보편적 기민함을 갖춘 사람만이 이를 자연스럽게 구사할 수 있다.

◆ 그리스 신화 속 '바다의 노인'으로, 사람에게 잡히지 않기 위해 사자, 뱀, 심지어 물이나 나무로 끊임없이 모습을 바꾸는 변신 능력을 가진 신

78

일을 시작하는 기술

어리석은 자는 문을 향해 거침없이 달려든다. 어리석음은 항상 무모하기 때문이다. 그들의 단순함은 미리 준비하지 못하게 할 뿐 아니라, 실패 후에도 수치심조차 느끼지 못하게 만든다. 그러나 신중함은 생각과 함께 행동한다. 신중할 때는 늘 경계와 주의가 앞서 나가 길을 살핀다. 위험 없이 나아갈 수 있는지 먼저 확인한다. 성급하게 뛰어드는 모든 행동은 경계심만 있어도 위험을 막을 수 있고, 운명도 때때로 도움을 준다. 그리고 깊이를 알 수 없는 곳에서는 걸음을 늦춰야 한다.

지혜는 조심스러운 경계가 땅을 단단히 다지며 안전을 확인하는 동안, 천천히 앞으로 나아간다. 오늘날 사람들 사이의 관계에는 보이지 않는 함정이 도사리고 있으므로, 한 걸음 한 걸음 추를 던져 깊이를 재듯 조심스럽게 확인해야 한다.

79

온화한 기질

절제와 함께할 때, 온화함은 약점이 아니라 성취가 된다. 소량의 쾌활함은 모든 것을 한층 맛깔나게 만든다. 가장 위대한 인물들조차 때로는 즐거움에 동참한다. 그럴수록 사람들은 그들에게 마음을 연다. 그러나 웃음 속에서도 위엄은 지켜져야 하며, 품위의 선을 넘는 순간 존중은 사라진다. 어떤 이는 농담으로 위기에서 가장 빠르게 빠져나온다. 진지하게 받아들이지 않는 편이 오히려 현명한 상황이 있기 때문이다. 온화한 태도는 화해할 줄 아는 사람임을 드러내며, 그 부드러움은 사람들의 마음을 끌어당기는 자석이 된다.

80

정보를 얻는 데 신중하라

우리는 눈으로만 살아가지 않는다. 정보를 통해 살아가며, 타인에 대한 믿음 위에서 존재한다.

진실은 측문으로 들어오고, 거짓은 정문으로 들어온다. 진실은 대개 직접 보아야 확인되며, 귀로 전해질 때는 이미 변형되어 있는 경우가 많다. 특히 먼 곳에서 온 정보는 순수한 모습 그대로 도착하는 법이 거의 없다. 그 말은 언제나 전달자의 감정과 이해관계를 한 겹 두른 채 도착한다. 격정은 진실이 닿는 모든 곳을 물들인다. 호의는 진실을 부풀리고, 적의는 진실을 왜곡한다. 그러므로 칭찬 속의 말도 경계해야 하며, 비난 속의 말은 더욱 의심해야 한다. 진실은 언제나 말하는 사람의 기질을 함께 드러내기 때문이다. 말 그 자체보다 말하는 사람의 의도를 살펴라. 그가 어떤 입장에서, 어떤 이익을 가지고 그 정보를 가져왔는지를 먼저 판단하라. 그리고 숙고하여 그 말이 사실인지, 과장인지를 알아내야 한다.

81

당신의 탁월함을 갱신하라

그것은 오직 불사조만이 누리는 특권이다. 능력은 시간이 지나면 빛이 바래고, 명성 또한 그렇다. 익숙해지면 감탄은 약화되고 낡아버린 탁월함은 때로 새로 등장한 평범함에조차 가려진다. 그러므로 용기와 재능, 행운까지도 끊임없이 다시 태어나게 하라. 그러므로 놀라운 새로움을 보여주며 매일 태양처럼 새롭게 떠오르라. 또한 빛을 발할 무대를 바꾸라. 옛 승리의 자리에서는 당신의 부재가 느껴지게 하고, 새로운 무대에서는 새 힘이 주는 참신함으로 다시 찬사를 얻어라.

82

좋은 것도 나쁜 것도 끝까지 짜내지 말라

현자는 모든 미덕을 중용으로 환원했다. 옳음도 끝까지 밀어붙이면 그 순간 그릇이 된다. 오렌지는 즙을 다 짜면 쓰고, 즐거움도 극단에 이르도록 느껴선 안된다. 사유가 지나치게 치밀하면 지루해진다. 소젖을 지나치게 짜보라. 우유가 아닌 피가 나온다.

가벼운 결함을 보여라

때로는 약간의 허술함이 오히려 재능을 가장 돋보이게 만든다. 시기심은 가장 정중할 때 가장 독이 강한 추방자 역할을 하기 때문이다. 시기심은 완벽함에 결점이 없다는 사실을 결점으로 여긴다. 아무 흠도 없다는 이유로, 모든 면에서 흠을 잡는다. 그래서 시기심은 아르고스♦가 되어 사소한 결점 하나라도 찾아내는 데 집착한다. 그것이 시기심이 스스로를 위로하는 유일한 방식이기 때문이다. 한편 비난은 번개와 같아 항상 가장 높은 곳을 친다. 그러니 호메로스가 가끔 졸았다는 말처럼, 때로는 일부러 약간의 허술함을 드러내라. 용기나 재능, 지적 능력에서의 사소한 빈틈은 괜찮다. 다만 신중함만큼은 흐트러뜨리지 말라. 그렇게 하면 악의를 무장해제할 수 있고, 적어도 시기심이 자기 독에 질식해 폭발하는 일은 막을 수 있다. 사소한 결점 하나로 시기심을 달래고, 본질은 끝까지 지켜라.

♦ 네 개의 눈을 가진 그리스 로마 신화의 거인 감시자

당신의 적들을 활용하라

사물을 벨 수 있는 날 쪽으로 잡지 말고 손잡이로 잡는 법을 배워라. 이 원칙은 특히 적의 행동에 대한 대응으로서 중요하다. 현명한 사람은 친구보다 적에게서 더 많은 것을 배운다. 적의 악의는 때로, 당신이 스스로는 마주하지 않았을 문제들을 드러내고, 그 문제들을 스스로 헤쳐 나가게 만든다. 실제로 많은 이들이 적 덕분에 위대해졌다. 아첨은 증오보다 더 위험하다. 아첨은 결점을 가려 버리지만, 적의 증오는 그것을 드러내어 없애게 만들기 때문이다.

현명한 사람은 호의보다 악의를 더 정확한 거울로 삼아, 그 거울에 비친 결함을 고치거나 다듬는다. 경쟁과 악의가 가까울수록, 신중함은 더욱 자라난다.

당신의 뛰어남을 함부로 쓰지 마라

뛰어난 능력은 너무 자주 쓰면 쉽게 쓰이는 문제가 있다. 모든 사람이 당신의 능력을 바라고 원하기 때문에, 결국 모두에게 시달리게 된다. 아무에게도 도움이 안 되는 것은 불행이지만, 모든 사람에게 너무 쉽게 도움을 주는 것도 똑같이 불행하다. 사람들의 부탁을 들어주면서 얻는 것보다 잃는 것이 더 많아지고, 결국 전에 당신을 찾았던 사람들조차 당신에게 싫증을 느낀다. 이렇게 최고의 능력을 함부로 쓰는 행동은 모든 종류의 뛰어남을 닳게 만든다. 소수에게 받던 존경을 잃고, 많은 사람들 사이에서 신뢰를 잃게 된다. 이 극단적인 문제에 대한 답은 당신의 빛을 아끼는 것이다. 당신의 능력은 특별할지라도, 그것을 보여주는 방식은 평범하게 하라. 횃불이 빛을 더 많이 낼수록, 그만큼 더 빨리 타서 금방 꺼진다.

당신 자신을 덜 보여라. 그러면 오히려 더 존경받는 보답을 얻게 될 것이다.

86

추문을 예방하라

　사람이 모이면 곧 대중이 되고, 그 수만큼의 눈과 혀가 생긴다. 어떤 눈은 악의를 찾고, 어떤 혀는 비방을 즐긴다. 단 하나의 나쁜 소문만 퍼져도 훌륭한 명성에는 금이 간다. 그 소문이 별명처럼 붙어 다니는 순간, 평판은 위태로워진다. 대개 소문의 씨앗은 눈에 띄는 결점이나 우스꽝스러운 특징에서 시작된다. 때로는 개인적인 질투가 세상의 막연한 불신에 악의적으로 보태져 추문이 되기도 한다. 사악한 혀들은 노골적인 비난보다, 재치 있는 조롱으로 더 쉽게 위대한 명성을 허문다. 나쁜 평판은 얻기 쉽다. 사람들은 언제나 나쁜 이야기를 더 잘 믿기 때문이다. 그러나 한 번 생긴 오해를 스스로 풀어내는 일은 결코 쉽지 않다. 그러므로 현명한 사람은 불운한 상황을 미리 피하고, 끊임없는 경계로 천박한 추문의 싹을 자른다. 고치는 것보다 예방하는 것이 언제나 훨씬 쉽다.

87

문화와 우아함

인간은 태어날 때 야만에 가까운 상태로 시작한다. 그를 짐승보다 위로 끌어올리는 것은 오직 교양뿐이다. 교양이 인간을 인간답게 만들며, 그것이 깊어질수록 사람은 더욱 고귀해진다. 그때문에 그리스인들은 자신들 외의 세계를 야만이라 부를 수 있었다. 무지는 본래 거칠다. 교양을 키우는 데 있어 지식만큼 큰 힘을 지닌 것은 없다. 그러나 지식조차도 우아함이 따르지 않으면 투박해 보인다. 우리의 지성뿐 아니라 욕망도, 그리고 무엇보다 대화또한 우아해야 한다. 어떤 사람들은 외적으로나 내적으로나 타고난 품위를 지닌다. 그들의 생각과 말씨는 물론, 영혼의 껍질인 옷차림과 영혼의 열매인 재능에 이르기까지 자연스러운 세련됨이배어 있다. 반면, 어떤 이들은 지나치게 서투르고 둔하여, 아무리뛰어난 장점을 지녔더라도 그 모든 것이 단정함이 없는 거친 인상으로 인해 훼손된다. 우아함의 결여는 장점마저 야만적으로 보이게 만든다.

행동을 훌륭하고 고귀하게 하라

위대한 사람의 행동은 사소해서는 안 된다. 사물을 지나치게 잘게 쪼개어 들여다보지도 않으며, 불쾌한 문제일수록 더욱 그렇다. 모든 것을 아는 것이 중요할 수는 있으나, 모든 일을 속속들이 다 알 필요는 없다. 이럴 때 필요한 것은 신사다운 아량과 용기 있는 사람에게 어울리는 태도다. 못 본 척하는 것은 통치와 처신의 중요한 일부다. 친척이나 친구 사이에서도, 심지어 적들 사이에서도 많은 일들은 굳이 건드리지 않은 채 지나가게 두는 편이 낫다. 불필요한 과잉은 언제나 짜증을 낳는다. 특히 이미 성가신 일에 집착하는 것은 더욱 그렇다. 자신을 불쾌하게 만드는 대상 주변을 계속 맴도는 것은 일종의 강박에 가깝다. 결국 사람은 누구나 자신의 인품과 이해력의 크기만큼 행동한다.

자신을 알라

자신의 재능과 역량을 알고, 판단력과 기질을 알아야 한다. 자신을 알지 못하면 자신을 다스릴 수 없다. 얼굴을 비추는 거울은 있지만, 마음을 비추는 거울은 없다. 그 역할을 자기 성찰이라는 신중한 사유로 대신해야 한다. 외적인 모습이 잊힐 때 내적인 모습을 유지하여 전체적으로 가꾸고 완성하라. 자신의 지적 능력이 어디까지 미치는지, 일을 처리하는 힘이 얼마나 되는지를 익히고, 그것을 실제로 쓰기 위해 필요한 용기 또한 시험해 보아야 한다. 그렇게 자신의 기반을 단단히 다지고 어떤 일에서도 정신을 맑게 유지하라.

장수의 비결

선량하게 살아라. 삶을 가장 빠르게 끝으로 몰아가는 것은 두 가지다. 어리석음과 부도덕함이다. 어떤 이들은 삶을 지킬 지혜가 없어 수명을 잃고, 또 어떤 이들은 지킬 의지가 없어 그것을 잃는다. 미덕이 그 자체로 보상인 것처럼, 악덕은 그 자체로 벌이다. 삶을 함부로 사는 사람은 삶의 의미를 먼저 탕진하고, 그 길이마저 앞당겨 끝낸다. 반대로 덕 있는 삶은 쉽게 죽지 않는다. 영혼의 단단함은 육체로 이어지며, 선량한 삶은 뜻에서뿐 아니라 그 길이에서도 지속된다.

신중하게 판단하기 어려운 일은
절대 시작하지 마라

일을 하는 사람의 마음이 이미 실패를 의심하고 있다면, 그것은 구경꾼, 특히 경쟁자의 눈에는 실패가 확정되었다는 신호로 보인다. 일을 진행하는 동안 판단이 주저하거나 양심의 가책을 느낀다면, 훗날 냉정해졌을 때 그 행동은 분명 어리석음으로 보일 것이다. 신중하게 판단하기 어려운 일은 본질적으로 위험하다. 그런 일은 차라리 안 하는 게 낫다. 지혜는 확률에 기대지 않는다. 지혜는 언제나 이성의 한낮, 밝은 빛 아래에서만 움직인다. 처음 구상하는 순간부터 판단이 이 일을 비난하고 있다면, 그런 일이 어떻게 성공할 수 있을까? 내면에서 완벽하게 판단하고 이루어진 일조차 때로는 불행한 결과를 낳는다. 그렇다면 의심 많은 이성과 흔들리는 판단으로 시작한 일은 과연 어떤 결말을 맞겠는가?

92

초월적인 지혜

여기서 말하는 것은 모든 일에 통하는 지혜다. 말과 행동을 막론하고 가장 먼저, 그리고 가장 높이 놓아야 할 규칙이 있다. 지위가 높을수록, 책임이 많을수록 더욱 그러한데, 그것은 곧 '수많은 재치보다 한 푼의 지혜가 낫다'는 원칙이다. 이것이야말로 유일하게 확실한 길이다. 비록 대중의 박수를 많이 받지 못하더라도 말이다. 지혜롭다는 평판은 명성이 도달할 수 있는 마지막이자 가장 확실한 승리다. 모든 사람을 만족시킬 필요는 없다. 현명한 사람들을 만족시키는 것으로 충분하다. 그들의 판단이야말로 성공을 가늠하는 진정한 시금석이기 때문이다.

93

다재다능함

여러 탁월한 장점을 지닌 사람은 한 사람이면서도 여러 사람의 가치를 지닌다. 그는 삶에서 얻은 즐거움을 주변에 나누며, 그로써 타인의 삶까지도 풍요롭게 만든다. 다양한 탁월함은 곧 삶을 즐기는 능력이다. 세상의 모든 좋은 것에서 이익을 끌어내는 것은 위대한 기술이다. 자연이 가장 완성된 인간을 자기 자신의 축소판, 하나의 추상으로 만들었듯이, 취향과 지성을 단련하여 그 안에 참된 예술의 소우주를 형성하게 하라.

94

능력을 끝까지 다 드러내지 말라

현명한 사람은 모두의 존경을 원한다면 자신의 지식과 역량을 끝까지 노출하지 않는다. 사람들로 하여금 존재는 알게 하되, 전부를 파악하게 하지는 않는다. 누구도 그의 능력의 한계를 알아서는 안 된다. 그래야 실망도 없다. 어느 누구에게도 자신을 완전히 간파할 기회를 주지 말라. 재능의 경계에 대한 추측과 상상은, 그 재능이 아무리 위대하더라도, 그것을 정확히 알때 보다도 더 큰 존경을 낳는다.

95

기대를 남겨 두어라

기대는 소진하지 말고 남겨 두어라. 언제나 기대를 부추겨라. 많이 약속하고 위대한 행동은 더 큰 것을 예고하게 하라. 모든 행운을 한 번의 주사위에 걸지 말라. 기대가 사라지지 않도록 자신의 역량을 조절하는 것은 가장 고도의 기술이다.

최고의 신중함

신중함은 이성이 앉는 왕좌이며, 모든 현명함의 기초다. 그것을 갖추면 적은 대가로 큰 성공을 얻는다. 이는 하늘이 내려준 선물로, 가장 먼저, 그리고 갖추고자 가장 간절히 기도해야 할 자질이다. 신중함은 갑옷의 핵심과 같다. 다른 자질들은 그저 많고 적음의 차이일 뿐이지만, 신중함이 없으면 인간은 온전하지 못하다. 삶의 모든 행동은 신중함의 적용에 달려 있다. 모든 일에는 지성이 필요하고, 모든 행동에는 신중함의 도움이 필요하다.

신중함이란 가장 이성적인 길을 찾으려는 성향과 가장 확실한 것을 택하려는 경향이 하나로 결합된 능력이다.

97

명성을 얻고 보존하라

평판은 곧 명성을 통해 얻는 실질적인 이득이다. 명성은 얻기가 어렵다. 명성은 오직 탁월한 능력에만 허락되는데, 그 탁월함이란 평범함이 흔한 만큼이나 드물다. 그러나 한 번 얻은 명성은 많은 의무를 요구하는 대신, 그보다 더 많은 것을 이루어 준다. 그것이 고귀한 재능이나 품위 있는 행동에서 비롯된 것이라면, 명성은 단순한 평판을 넘어 존경으로 높아지고, 위엄으로 굳어진다. 다만 기반이 단단한 명성만이 오래간다.

의도를 감춰라

감정은 영혼으로 통하는 문이다. 그러므로 지혜의 정수는 감정을 철저히 은닉하는 데 있다. 자신의 패를 미리 노출한 채 게임에 임하는 자는 제 발로 패배의 늪에 빠질 뿐이다. 진정한 신중함이란 타인의 집요한 시선과 탐색하는 질문으로부터 적절한 거리를 유지하는 지적 방어력이다. 오징어의 전술◆을 구사하라. 당신의 취향조차 비밀로 부쳐서, 타인이 그것을 빌미로 당신을 자극하거나 혹은 같은 취향인 양 위선적으로 아첨할 기회조차 주지 말라.

◆ 오징어가 천적을 만났을 때 먹물을 쏘아 분간 못하게 하는 특성을 말함.

99

실재와 겉모습

사물은 그 자체로서가 아니라, 보이는 방식으로 평가된다. 내면을 꿰뚫어 보는 이는 소수이고, 대다수는 겉모습만을 취한다. 그러므로 옳은 일이라 하더라도 그 모습이 거짓되거나 추하게 보인다면, 옳다는 사실만으로는 충분하지 않다.

착각에 속지 않는 사람, 현명한 종교인,
현실감각을 지닌 철학자

이런 사람이 되어라. 단지 그렇게 보이려 하지 말고, 더욱이 그렇게 가장하려 들지도 마라. 오늘날 철학은 평판을 잃은 듯 보이지만, 그럼에도 불구하고 그것은 언제나 현명한 사람들의 가장 깊은 관심사였다. 사유의 기술은 옛 명성을 잃었으나, 그 가치는 사라진 적이 없다. 세네카는 철학을 로마에 들여와 한때 그것을 궁정, 즉 권력과 정치의 현실 중심에 세웠으나 지금의 궁정에서는 오히려 어울리지 않는 것으로 여겨지고 있다. 그러나 속임수를 꿰뚫어 보는 능력은 언제나 사려 깊은 정신의 참된 양식이었고, 덕 있는 영혼이 누리는 가장 순수한 기쁨이었다.

101

세상의 절반은 나머지 절반을 비웃는다

좋고 나쁨의 판단 기준은 얼마나 많은 지지를 얻느냐에 따라 평가된다. 어떤 사람이 가치 있다고 여기는 것을, 다른 사람은 공격하고 배척한다. 자기 생각 하나로 모든 것을 재단하려 드는 사람은 참기 어려운 어리석음에 빠진 것이다. 탁월함은 어느 한 사람의 만족에 달려 있지 않다. 사람 수만큼이나 취향은 다양하고, 그 모두가 서로 다르다. 누구에게도 미움을 사지 않는 결함은 없으며, 어떤 이들을 기쁘게 하지 못한다고 해서 낙담할 필요도 없다. 반드시 그것을 인정해 줄 다른 사람들이 있기 때문이다. 그렇다고 찬사를 받았다고 우쭐할 이유도 없다. 언제나 반대편에서 비난할 사람들 역시 존재하기 때문이다.

칭찬의 진짜 기준은 이름있는 사람들과 그 분야를 아는 전문가들의 인정이다. 그러므로 당신은 한 사람의 판단, 한 시대의 유행, 한 세대의 평가에 휘둘리지 않으려 노력해야 한다.

큰 행운을 감당할 그릇을 갖추어라

지혜로운 사람에게는 큰 그릇이 필요하다. 큰 역량을 지녔다는 것은 이미 그에 걸맞은 자질을 갖추었다는 뜻이다. 그래서 큰 행운도, 그 운을 감당할 그릇을 지닌 사람을 쉽게 당황하게 만들지 못한다. 어떤 이에게는 과분한 것이, 다른 이에게는 오히려 부족할 수 있다. 많은 사람들은 마치 소화불량을 겪는 듯 큰 기회를 감당하지 못한다. 이는 그들의 역량이 작아, 위대한 일을 위해 태어나지도 훈련되지도 않았기 때문이다. 그 결과 행동은 뒤틀리고, 스스로 받을 자격이 없는 명예에서 생긴 변덕이 그들의 판단을 흐리게 한다. 그렇게 흔들리는 사람들은 높은 자리에 올라서 오히려 더 큰 위험을 만들어 낸다. 그들은 자신에게 맞는 자리를 찾지 못하고, 행운 또한 그들 안에서 머물 자리를 찾지 못한다. 그러므로 재능 있는 사람이라면, 자신이 더 큰 일을 감당할 여지가 있음을 보여주어야 한다. 무엇보다도 소심함의 흔적을 드러내지 않도록 조심해야 한다.

103

자신의 위엄을 유지하라

비록 왕은 아닐지라도 사람의 모든 행동은 그 지위에 맞게 왕자답게 이루어져야 한다. 행동에는 위엄이 있어야 하고, 그 위엄은 항상 적절한 경계를 지켜야 한다. 행동은 숭고하게, 생각은 고상하게, 권력은 없더라도 가치만큼은 왕과 같아야 한다. 진정한 왕권은 흠 없는 정직함에 있으며, 그 본보기가 될 수 있는 사람은 다른 이의 위대함을 부러워할 필요가 없다. 특히 권력의 중심 가까이에 있는 사람일수록 진정한 우월함을 목표로 삼아야 하며 권력의 형식에만 연연하지 않고 권력의 본질적인 자질을 공유해야 한다. 그 불완전함을 흉내 내는 것이 아닌 진정한 위엄을 나누어 가져야 한다.

104

직무 수행에 힘써라

직무는 다양한 자질을 요구하며, 어떤 자질이 필요한지 아는 것은 집중력을 필요로 하고 대가다운 통찰력을 요구한다. 어떤 일은 용기를 요구하고, 어떤 일은 기지를 요구한다. 단지 정직함만 있으면 되는 일은 비교적 쉽지만, 영리함을 요구하는 일은 어렵다. 전자의 경우에는 성품만으로도 충분하지만, 후자의 경우에는 아무리 집중하고 열성이 있어도 부족할 수 있다.

사람을 다스리는 일은 어려우며, 어리석은 사람이나 둔한 사람을 다스리는 일은 그보다 훨씬 더 어렵다. 지혜가 없는 이들을 상대할 때에는 두 배의 분별력과 인내가 필요하다. 정해진 시간표와 반복되는 일과 속에 한 사람이 직무에 완전히 얽매이게 되는 것은 견디기 힘든 일이다. 변화는 정신을 새롭게 하므로, 다양성과 중요성이 함께 있는 직무, 그리고 각자가 자신의 방식대로 비교적 자유롭게 수행할 수 있는 직무가 더 낫다. 가장 평판이 좋은 직무는 타인에게 의존하지 않거나, 그 영향이 멀리 떨어져 있는 직무이며 반대로 가장 나쁜 직무는 현세에서도, 내세에서도 사람을 끊임없이 괴롭히는 직무다.

105

지루한 사람이 되지 말라

하나의 일이나 하나의 주제에만 매달리는 사람은 무겁고 답답한 인상이 주기 쉽다. 간결함은 사람의 호감을 얻고, 일도 더 수월하게 처리하게 만든다. 간결함은 무뚝뚝해서 잃을 수 있는 것을 예의로 보완해 준다.

좋은 것은 짧을수록 그 가치가 두 배가 된다. 문제의 핵심은 세부 사항이라는 온갖 잡동사니보다 훨씬 더 강력하다. 많은 사람들이 문제의 본질을 다루든, 형식적인 절차를 처리하든, 분별력이 부족하다는 사실은 이미 잘 알려져 있다. 어떤 사람들은 중심이 되어 빛나는 장식물이 아니라, 오히려 길을 막는 장애물처럼 굴며 모두의 흐름을 방해하는 쓸모없는 존재가 되기도 한다. 현명한 사람들은 지루한 사람이 되는 것을 경계하며, 특히 바쁜 위대한 인물들 앞에서는 더욱 그렇다. 그들 중 단 한 사람의 시간을 방해하는 일은, 여러 사람을 방해하는 것보다 더 큰 결례가 된다. 결국 잘 말하는 것이란 간결하게 말하는 것이다.

106

지위를 과시하지 말라

개인적 매력으로 두드러지는 게 아니고, 위엄으로 남을 압도하려 드는 것은 더 불쾌감을 준다. 스스로를 중요 인물처럼 보이게 하려는 태도는 미움을 사기 쉽다. 사람들의 질투만으로도 이미 충분히 버거운데 말이다. 존경을 더 많이 얻으려 애쓸수록, 오히려 덜 얻게 된다. 존경은 타인의 판단에 달린 것이지, 스스로 움켜쥘 수 있는 것이 아니다. 타인으로부터 주어지는 것이다. 중요한 직위에는 그 역할을 제대로 수행할 수 있을 만큼의 적절한 권위가 필요하다. 권위가 없으면 직무 역시 제 기능을 하지 못한다. 그러므로 그 직무를 감당할 수 있는 정도의 위엄은 유지해야 한다.

존경심을 강요하지 말고, 그것을 만들어 내려 노력하라. 자신의 직위가 지닌 위엄을 지나치게 내세우는 사람은 자신에게 그런 자격이 없음을 오히려 드러내는 것이며 그 직위가 자신에게 과분하다는 사실을 스스로 증명하는 셈이다. 가치 있게 여겨지고 싶다면, 우연히 얻은 지위나 배경 때문이 아니라 당신의 재능 때문에 존중받도록 하라. 실제로 왕들조차도 자신의 왕좌 때문이 아니라 개인적인 자질 때문에 존경받기를 원한다.

107

자기만족을 보이지 말라

스스로에게 지나치게 불만을 품어서도 안 되고, 그렇다고 자기만족에 빠져서도 안 된다. 전자는 나약한 정신의 표현이고, 후자는 어리석음의 징후다. 자기만족은 대개 자기성찰의 부족, 곧 무지에서 비롯된다. 타인의 신뢰를 잃지 않는 선에서는 잠시 행복을 느끼게 해주는 일종의 안식처가 될 수도 있다. 인간은 타인의 최고 수준의 완벽함에 도달할 수 없기에, 결국 자신의 평범한 재능에 만족해 버리기 쉽다. 반대로 자기 불신은 현명할 뿐 아니라 때로는 유익하다. 그것은 불행을 피하게 하거나, 불행이 닥쳤을 때 위안을 준다. 이미 불행을 예상한 사람에게 불행은 갑작스럽게 덮칠 수 없기 때문이다. 알렉산더 대왕 역시 한때 자신의 고귀한 지위와 환상에서 추락했다. 일의 성패는 수많은 상황에 달려 있다. 어떤 상황에서는 승리가 되는 것이, 다른 상황에서는 패배로 돌아올 수도 있다. 그러나 모든 것의 중심에 자리한 고칠 수 없는 어리석음은 공허한 자기만족과 함께 그대로 남아, 마치 꽃을 피우고 열매를 맺는 듯 성공한 것처럼 보이지만 결국 모든 것이 씨앗으로 돌아가듯 헛되이 소멸하고 만다.

위대함으로 가는 길은
타인과 함께 가는 길이다

사람과의 교류는 효과가 있다. 태도와 취향이 공유되고 분별력은 물론 재능마저도 어느새 자라난다. 그러므로 성급한 기질의 사람은 차분한 사람을 곁에 두고, 서로 다른 성향의 사람들 또한 함께하도록 하라. 그러면 억지로 조정하지 않아도 자연스럽게 중용이 형성된다. 타인과 조화롭게 지내는 일은 하나의 고도의 기술이다. 서로 다른 이치들이 만날 때 세상은 균형을 이루고 유지된다. 이것이 자연 세계에서 가능하다면, 인간의 도덕적 세계에서는 더욱 그럴 것이다. 그러니 친구와 협력자를 고를 때에도 이 원칙을 따르라. 극단과 극단을 결합할 때, 효과적인 중도가 발견된다.

109

비난하는 사람이 되지 말라

세상에는 모든 것을 결점으로만 보는 음울한 사람들이 있다. 그것은 꼭 악의를 품어서라기보다, 그들의 타고난 기질 때문이다. 그들은 무엇이든 비난한다. 어떤 이들은 이미 한 일을 가지고 비난하고, 또 어떤 이들은 아직 하지도 않은 일로 비난한다. 이는 잔혹함보다도 더 나쁜, 참으로 비열한 심정이다. 그들은 과도하게 비난하여, 눈에 보이지도 않을 작은 티끌을 눈을 뽑아낼 만한 들보로 만들어 버린다. 늘 모든 것을 감옥으로 바꿔버리는 혹독한 감독관처럼 행동하며, 감정이 개입되면 사소한 일도 극단으로 몰아간다. 낙원조차 그들에게는 형벌의 장소가 된다. 반대로 고귀한 성품을 지닌 사람은 언제나 잘못을 이해하려 한다. 의도에서 변명을 찾을 수 없다면, 최소한 부주의나 실수에서라도 이유를 찾으려 한다.

당신이 지는 해가 될 때까지 기다리지 말라

현명한 이들의 격언은 이것을 알려준다. 일이 당신을 떠나기 전에, 당신이 먼저 그 일을 떠나라. 지혜로운 자는 승리의 정점에서 품격 있게 물러날 줄 안다. 지는 태양이 구름 뒤로 몸을 숨겨, 그것이 저무는 것인지 아무도 분간할 수 없게 만들듯 말이다. 불행이 실제로 닥쳐서 물러나는 일이 없도록, 불행이 올 가능성 앞에서 미리 지혜롭게 물러나라. 사람들이 당신을 냉담하게 대하고, 당신의 감정은 아직 살아 있으나 타인의 존경은 이미 죽은 채로 무덤까지 실려 가지 않도록 하라.

노련한 조련사는 경주마가 트랙에서 넘어져 조롱을 받기 전에 그 말을 미리 은퇴시켜 평온한 풀밭으로 돌려보낸다. 마찬가지로 미인은, 훗날 사라진 아름다움을 보고 뜨거운 눈물로 거울을 깨뜨리지 않기 위해 아름다움이 언젠가 사라질 것을 미리 받아들여야 한다.

111

친구를 사귀어라

친구는 또 하나의 인생과 같다. 친구는 서로에게 선하고 현명한 존재가 되어 준다. 그들 사이에서는 모든 일이 결국 좋게 풀린다. 사람은 타인이 자신을 바라보는 대로 존재하게 된다. 따라서 타인이 당신을 좋게 생각하게 하려면, 당신은 그들의 마음을 얻어야 하며, 나아가 그들의 칭찬까지 얻어야 한다. 친절한 행동만큼 강력한 마법은 없다. 친구의 호의를 얻는 유일한 방법은 친구다운 행동을 하는 것이다. 대부분 심지어 가장 훌륭한 사람들도 타인에게 의존하며 살아간다. 우리는 친구들 사이에서 살아가거나, 아니면 적들 사이에서 살아야 한다. 매일 친구까지는 아니더라도 당신을 좋게 생각하는 사람을 한 명씩 만들려 노력하라. 시간이 지나고 관계를 시험해 본 뒤에는 그들 중 일부가 당신의 진정한 친한 친구가 될 것이다.

112

호의를 얻으라

세상에서 큰일이 이루어지는 데에는 언제나 보이지 않는 근원적이고 위대한 힘이 작용하듯, 타인의 호의는 당신의 목표를 한결 수월하게 만들어 준다. 사람들의 호감을 얻으면, 당신은 그들의 좋은 평판까지 함께 얻는다. 어떤 사람들은 오직 자기 능력만 믿고 호의의 힘을 가볍게 여긴다. 하지만 현명한 사람은 누군가의 호의 없이 실력만으로 성공하는 길은 너무 멀고 험하다는 것을 안다. 호의는 많은 일을 쉽게 풀어 준다. 그것은 당신에게 용기와 열의, 지식과 심지어 신중함이 있다고 믿게 만들고, 그런 능력을 보완해 준다. 반대로 호의는 단점을 집요하게 찾지 않기 때문에, 단점은 눈에 잘 띄지 않게 된다. 호의는 공통점에서 생겨난다. 기질, 국적, 인간관계, 고향, 직장처럼 현실적인 연결일 수도 있고, 능력, 책임, 명성이나 공로처럼 더 격조 있는 교류에서 비롯될 수도 있다. 가장 어려운 것은 호의를 얻는 일이고, 일단 얻고 나면 지키는 일은 비교적 쉽다. 그러니 호의는 기다리지 말고 스스로 만들어야 한다. 일단 얻은 뒤에는, 그것을 지혜롭게 활용하라.

113

번영할 때 역경에 대비하라

겨울을 나기 위해서는 양식을 여름에 마련해 두는 것이 가장 현명하고 수월하다. 사람이 잘나갈 때는 자연스럽게 호의도 따르고, 친구도 많아진다. 그러므로 그 호의와 인연들을 불운한 날을 위해 남겨 두는 것이 좋다. 역경의 시기에는 치러야 할 대가가 크고, 곁에 남는 사람은 적기 때문이다. 당신이 베풀었던 호의들, 그리고 당신에게 빚을 진 사람들을 비축해 두어라. 언젠가 그들의 가치가 지금보다 훨씬 커지는 순간이 반드시 온다.

속된 사람은 진정한 친구를 갖지 못한다. 그런 사람은 잘 될 때는 누가 자신의 친구인지 알아보지 못하고, 역경이 닥치면 그 친구들이 그를 친구로 여기지 않기 때문이다.

경쟁하지 말라

경쟁은 언제나 평판을 해친다. 경쟁자들은 상대가 가려지고, 자신들이 더 돋보일 틈만 노린다. 공정하고 품위 있게 경쟁하는 사람은 거의 없다. 경쟁의 심리는 평소라면 예의로 덮어 두었을 사소한 결점들까지 모두 드러낸다. 많은 사람들은 경쟁자가 없을 때는 좋은 평판 속에서 산다. 경쟁의 열기는 이미 잊힌 추문에 다시 숨을 불어넣어 새 생명을 주고, 오래전에 묻혀 있던 과거의 오점까지도 끄집어낸다. 경쟁은 대개 상대를 깎아내리는 데서 출발하며, 정당한 수단뿐 아니라 가능한 모든 방법을 동원한다. 그리고 비난 주려는 의도가 원하는 효과를 내지 못할 때는 대부분 그렇듯이 경쟁자들은 그것을 복수의 도구로 삼아, 상대방의 잊혀진 과거의 오명을 기억나게 하려고 애쓴다. 반면, 호의를 지닌 사람들은 늘 평화롭다. 좋은 평판과 품위를 지닌 사람들이 곧 호의를 지닌 사람들이다.

115

친한 이들의 단점에 익숙해져라

늘 곁에 있는 사람들의 단점에는 미리 익숙해질 필요가 있다. 마치 처음엔 거슬리던 못생긴 얼굴도 보다 보면 익숙해지는 것과 같다. 그들이 우리에게 기대고 있든, 우리가 그들에게 의지하고 있든 이 태도는 반드시 필요하다. 세상에는 함께 지내기도 어렵고, 그렇다고 완전히 떨어질 수도 없는 사람들이 있다. 그래서 현명한 사람은 언젠가 필요해질 상황을 대비해, 그들의 단점에도 미리 익숙해진다. 갑작스럽게 감내해야 할 때 더 큰 괴로움을 겪지 않기 위해서다. 처음에는 그 단점들이 불쾌하고 거슬리지만, 시간이 지나면 점차 그 힘을 잃는다. 그리고 스스로 돌아보고 준비한 사람은, 그 불편함을 미리 막거나 조용히 견뎌낼 수 있게 된다.

116

명예로운 사람들과 교제하라

명예로운 사람은 믿을 수 있고, 그들 역시 당신을 믿는다. 그들의 명예는 오해가 생길 수 있는 상황에서도 행동을 보증하는 가장 확실한 담보다. 왜냐하면 그들은 언제나 자신이 어떤 사람인지를 의식하며 행동하기 때문이다. 그래서 명예롭지 못한 사람을 상대로 이기는 것보다, 명예로운 사람과 논쟁하는 편이 훨씬 낫다. 명예를 잃은 사람과는 제대로 된 거래를 할 수 없다. 그들에게는 정직함을 보장해 줄 담보물이 없기 때문이다. 그들과는 진정한 우정도 나눌 수 없고, 아무리 엄격해 보이는 계약이라도 실질적인 구속력을 갖지 못한다. 명예심이라는 감정 자체가 결여되어 있기 때문이다. 그러므로 그런 사람들과는 절대 엮이지 마라. 명예가 사람을 붙들지 못한다면, 도덕 또한 그를 제약하지 못한다. 명예야말로 정직함의 왕좌이기 때문이다.

117

자신에 대해 말하지 말라

자기 칭찬은 허영으로 보이고, 자기 비난은 속이 좁아 보이기 쉽다. 자화자찬이든 자기비하든, 결국 말하는 사람의 품격을 떨어뜨리고 듣는 사람을 불편하게 만들 뿐이다. 평소 대화에서도 삼가야 할 일인데, 하물며 공식적인 업무나 사람들 앞에서의 발언이라면 더 말할 필요가 없다. 그런 자리에서 어리석어 보이는 행동을 하는 것은 실제로 당신이 어리석기 때문이다. 또한 당사자가 있는 자리에서 그 사람에 대해 말하는 것 역시 분별력 없는 행동이다. 자칫하면 입에 발린 아첨이나 반대로 노골적인 비난으로 흐르기 쉽기 때문이다.

정중하다는 평판을 얻으라

그것만으로도 사람들의 호감을 얻기에 충분하다. 예의는 문화의 핵심이다. 무례함이 반감을 부르듯, 예의는 거의 확실하게 존경을 이끌어 내는 일종의 마법 같은 힘이다. 무례함이 오만에서 비롯되면 역겹고, 가정교육의 부재에서 비롯되면 경멸스럽다. 예의가 부족한 것보다는 차라리 넘치는 편이 낫다. 다만 누구에게나 똑같은 방식으로 예의를 차리는 데에는 주의가 필요하다. 상대의 가치와 상관없이 모두를 똑같이 대하는 것은 오히려 불공평함으로 변질될 수 있기 때문이다. 특히 적대적인 관계 속에서도 지켜지는 예의는 용기의 증거다. 예의는 거의 비용이 들지 않으면서도 큰 이익을 가져온다.

타인을 예우하는 사람은 결국 스스로도 예우를 받게 된다. 예의와 명예에는 특별한 장점이 있다. 아무리 남에게 베풀어도 줄어들지 않고, 오히려 베푸는 사람에게 그대로 남는다는 점이다.

미움을 사는 일을 피하라

굳이 미움을 사려고 애쓸 필요는 없다. 미움은 찾지 않아도 충분히 빠르게 찾아오기 때문이다. 이유도 모른 채, 혹은 왜 그런지도 모른 채 타인을 미워하는 사람들이 세상에는 너무나 많다. 우리가 남을 기쁘게 하려 준비하는 속도보다, 그들이 우리에게 악의를 품는 속도가 훨씬 빠르다. 그들의 악의적인 기질은 자기 이익을 챙기려는 탐욕보다도, 남을 해치려는 심보에서 더 자주 드러난다. 어떤 사람들은 늘 남을 짜증나게 하거나 스스로를 괴롭히는 성격 탓에 만나는 사람마다 관계가 틀어지곤 한다. 한 번 깊게 뿌리내린 미움은 나쁜 평판처럼 좀처럼 지워지지 않는다. 사람들은 현명한 이를 두려워하고, 악의적인 이를 혐오하며, 오만한 이를 깔본다. 익살꾼은 경멸의 대상이 되고, 괴짜는 무관심 속에 방치된다. 그러므로 존중받고 싶다면 먼저 남을 존중하라. 대접받고 싶다면, 먼저 남을 대접해야 한다는 사실을 잊지 말라.

현실적으로 살아가라

지식조차도 유행을 탄다. 자신의 지식이 이미 시대에 뒤처졌다면, 차라리 모르는 척하는 편이 더 현명할 때도 있다. 사고방식과 취향은 시대에 따라 변한다. 낡은 생각에 갇혀 구식이 되지 말고, 시대의 감각을 유지하라. 모든 일에서 결국 결정권을 쥐는 것은 대중이다. 언젠가 사람들을 더 높은 곳으로 이끌고 싶다면, 지금은 먼저 그 흐름을 이해하고 따라야 한다. 몸을 가꾸는 일이든 마음을 다듬는 일이든, 현재의 기준에 맞추어라. 비록 과거의 방식이 더 고귀해 보일지라도 말이다. 다만 이 원칙이 친절함에까지 적용되지는 않는다. 선함은 시대를 초월하는 가치이기 때문이다. 오늘날 그것이 무시당하거나 낡아 보일지라도 마찬가지다. 진실을 말하고 약속을 지키는 일, 그리고 선량한 사람들은 이제 마치 옛이야기처럼 들린다. 사람들은 그런 가치를 여전히 좋아하면서도, 정작 그것을 삶의 기준으로 삼으려 하지는 않는다. 미덕을 낯설게 여기고 악덕을 당연한 것으로 받아들이는 것, 이것이야말로 우리 시대의 큰 불행이다. 현명한 사람은 원하는 대로 살 수 없을 때조차, 주어진 조건 속에서 최선을 다해 살아간다. 운명이 허락하지 않은 것을 탓하기보다, 이미 주어진 것들을 소중히 여겨라.

121

아무것도 아닌 일을 크게 키우지 말라

어떤 사람들은 모든 일을 입방아로 만들고, 또 어떤 사람들은 사소한 일마저 중대한 문제처럼 다룬다. 그들은 항상 일을 크게 떠벌리고, 무엇이든 지나치게 심각하게 받아들여 결국 논쟁으로 만들거나 비밀스러운 문제로 바꿔 놓는다. 피할 수 있는 번거로움이라면, 너무 심각하게 받아들이지 않아야 한다. 어깨 너머로 가볍게 흘려보낼 일을 가슴에 담아 끙끙대는 것은 참으로 어리석은 일이다. 자라날듯 한 문제도 그대로 두면 사라지지만, 아무것도 아니었던 일도 지나친 관심과 공을 들이면 결국 큰 문제가 된다.

초기에는 쉽게 정리할 수 있었던 일도, 시간이 지나 커지면 손쓰기 어려워진다. 때로는 과한 '치료'가 오히려 병을 키운다. 그냥 내버려 두는 것, 이것은 결코 하찮지 않은, 삶에서 매우 중요한 지혜다.

말과 행동에서의 품격

이러한 품격을 갖추면 어디에 있든 자연스럽게 자리를 얻게 되고, 당신이 모습을 드러내기 전부터 이미 존중을 받게 된다. 그것은 말투와 시선, 몸짓, 심지어 걸음걸이까지 모든 곳에서 은근히 드러난다. 사람들의 마음을 얻는 일은 인생에서 거둘 수 있는 가장 큰 승리 가운데 하나다. 그러나 그런 승리는 허세나 요란한 말에서 나오지 않는다. 그것은 뛰어난 재능과 탄탄한 실력이 어우러져, 상황에 맞게 절제된 방식으로 드러나는 품격 있는 권위에서 비롯된다.

123

가식을 피하라

가치가 클수록 가식은 적어야 한다. 가식은 모든 성취에 저속함을 더한다. 남에게는 피곤하고, 스스로에게는 고통이다. 가식적인 사람은 늘 신경을 곤두세우며 관심에 끌려 다니기 때문이다. 아무리 뛰어난 재능이라도 가식이 섞이면 자연스러움 대신 인위적이고 거만해 보이기 쉽다. 그리고 언제나 자연스러운 것이 인공적인 것보다 더 호감을 산다. 어떤 미덕을 가진 척 애쓰는 사람을 보면, 우리는 대개 그에게 그 미덕이 없다는 사실을 본능적으로 눈치 채곤 한다. 공을 많이 들인 일일수록 그 노력을 숨기는 것이 좋다. 그래야 마치 타고난 성품에서 저절로 나온 것처럼 보인다. 다만 가식을 피하겠다고 해서, '꾸밈이 없는 척하는 가식'에 빠져서는 안 된다. 현명한 사람은 결코 자신의 장점을 잘 의식하는 것처럼 보이지 않는다. 스스로가 그것을 의식하지 않을 때, 오히려 다른 사람들이 먼저 알아본다. 모든 사람의 눈에는 완벽해 보이되, 자기 자신에게만은 그렇지 않은 사람, 그런 사람이야말로 두 배로 위대한 사람이다. 실력과 겸손이라는 두 가지를 통해 세상의 박수를 동시에 받기 때문이다.

당신이 떠난 자리를
사람들이 아쉬워하게 하라

많은 이에게 호의를 얻는 것도 쉽지 않지만, 현명한 사람들의 인정을 받는다면 그것은 더없는 행운이다. 대개 사람은 일을 마치고 자리를 뜨는 순간 곧 잊히게 마련이다. 그러나 떠난 뒤에도 기억과 호의를 남기는 길은 분명히 있다. 그 가장 확실한 방법은 맡은 역할과 재능에서 탁월해지는 것이다. 여기에 온화한 태도까지 더해진다면, 당신이 자리를 필요로 하는 것이 아니라 그 자리가 오히려 당신을 필요로 하게 된다. 어떤 사람은 직책을 빛내고, 어떤 사람은 직책의 빛에 기대어 살아간다. 후임자가 부족해서 전임자인 당신이 상대적으로 돋보이는 것은 진정한 찬사가 아니다. 그것은 당신이 그리운 것이 아니라, 다만 지금의 후임자가 물러나기를 바라는 마음일 뿐이다.

125

타인의 치부를
수집하는 사람이 되지 말라

　남의 나쁜 평판에 관심 두는 태도는, 역설적으로 이미 자신의 명예가 흐려졌다는 신호다. 어떤 이들은 남의 오점을 들춰내며 자신의 흠을 가리거나 씻어내려 한다. 혹은 거기서 위안을 얻지만, 그것은 바보들만이 찾는 가장 비겁한 위안일 뿐이다. 남의 험담을 파헤칠수록 더러워지는 것은 언제나 자기 자신이다. 사람에게 흠이 없는 경우는 없다. 다만 덜 알려진 사람의 경우 결점이 아직 드러나지 않았을 뿐이다. 그러므로 남의 잘못을 기록하는 결점 기록관이 되지 말라. 그것은 혐오스러운 일이며, 인간적인 심장을 잃은 자만이 택하는 삶의 방식이다.

어리석음은 저지름이 아니라
감추지 못함에서 드러난다

당신의 욕망은 봉인하고, 결점은 더욱 철저히 감추어라. 사람은 누구나 실수하지만, 현명한 이는 그것을 덮고 어리석은 이는 떠벌린다. 평판은 드러난 행위보다 오히려 감춰진 것들로 결정된다. 완벽하게 살 수 없다면, 최소한 신중하게 살아야 한다. 위대한 인물의 실수는 일식이나 월식과 같다. 빛이 클수록, 그 그늘은 더 많은 눈에 띈다. 친구라 해도 자신의 치부를 쉽게 드러내지 말라. 가능하다면, 스스로에게조차 잊혀 질 만큼 감추는 편이 낫다. 이를 돕는 또 하나의 중요한 지혜가 있다. 바로 잊는 법을 배우는 것이다.

127

모든 일에 우아함을 담아라

우아함은 재능에 생명을 불어넣고, 말에 숨결을 주며, 행동에 영혼을 깃들게 한다. 완벽함이 인간을 단정히 꾸며 준다면, 우아함은 그 완벽함 위에 마지막 빛을 얹는다. 그것은 외형뿐 아니라 생각 속에서도 드러난다. 우아함은 대체로 타고나는 것이며, 교육으로 얻을 수 있는 몫은 많지 않다. 때로는 혹독한 훈련으로 쌓은 기술마저 능가한다. 그것은 억지 없는 자유로움에 가깝고, 당황스러움 없는 완성에 여유를 더한다.

우아함이 없으면 아름다움은 생기를 잃고, 상냥함도 제 빛을 다하지 못한다. 그것은 용기와 신중함, 분별력, 심지어 위엄도 능가한다. 가장 빠른 길을 열어 주고, 난처한 순간을 품위 있게 벗어나게 하는 힘, 그것이 바로 우아함이다.

고결한 마음가짐

그것은 품위 있는 이가 갖추어야 할 중요한 덕목 중 하나로, 사람을 온갖 숭고한 행동으로 이끄는 힘이 된다.

고귀함은 취향을 높이고, 마음을 드높이며, 정신을 고양시킨다. 또한 감정을 맑게 하고 위엄을 더한다. 고귀한 정신을 지닌 이는 그 자체로 격조가 높아진다. 때로는 가혹한 시련을 통해서만 사람을 단련시키려는 불운의 못된 장난조차 이 고결함이 바로잡아 준다. 설령 현실의 한계로 인해 당장 실천에 옮기지 못하는 처지라 해도, 고결함은 그 사람의 뜻 안에서 충분히 빛을 낸다. 도량, 후덕함, 그리고 모든 영웅적 기질은 바로 이 고귀함이라는 바탕에서 비롯된다.

129

결코 불평하지 말라

불평은 언제나 신뢰를 깎아내린다. 타인의 동정을 받는 처지가 되기보다, 차라리 그들의 거친 감정에도 흔들리지 않는 자기 확신의 모범이 되는 편이 훨씬 낫다. 불평을 늘어놓는 것은 듣는 이에게 내 약점을 알려주는 행위이며, 내가 당한 모욕을 털어놓는 것은 또 다른 모욕을 불러들이는 빌미가 된다. 과거의 부당함을 하소연하는 것은 미래의 공격에 구실을 주는 일이다. 도움이나 조언을 구한다며 꺼낸 이야기는 결국 상대의 냉담함이나 경멸로 돌아올 뿐이다. 오히려 누군가에게 받은 호의를 칭찬하는 것이 훨씬 더 현명한 처신이다. 그래야 다른 이들도 당신에게 호의를 베풀어야겠다는 마음을 갖게 된다.

자리에 없는 이에게서 받은 은혜를 이야기하는 것은, 지금 눈앞에 있는 사람에게도 그런 대우를 해달라고 청하는 것과 같다. 이는 한 사람에게 얻은 신용을 다른 사람에게 건네는 영리한 수법이다. 그러므로 현명한 사람은 자신의 실패나 결점을 세상에 드러내지 않는다. 대신 자신이 받은 존중과 대우만을 내보임으로써, 우정은 더욱 깊어지게 하고 적대감은 자라지 못하게 만든다.

실행하라, 그리고
실행하고 있음을 사람들이 알게 하라

세상은 사물을 있는 그대로 보지 않고, 보이는 모습으로 판단한다. 유능한 사람이 되는 것과 자신의 유능함을 드러낼 줄 아는 것, 이 둘을 모두 갖추면 두 배의 가치를 지니게 된다. 보이지 않는 것은 세상에 없는 것이나 마찬가지다. 심지어 '올바른 일'조차도, 그것이 올바르게 보이지 않으면 마땅한 평가를 받지 못한다. 사물의 본질을 꿰뚫는 통찰자보다는 겉모습에 이끌리는 이들의 수가 훨씬 더 많다. 세상은 외양이 지배하고, 사람들은 겉표지만 보고 속내용을 짐작하며, 실제로 많은 것들이 겉으로 보이는 것과 다르다. 훌륭한 외관은 내면의 완벽함을 입증하는 가장 강력한 증거와 같다.

131

감정의 품격

영혼에는 어떤 특별한 품격이 있다. 용기와 숭고함을 행동으로 이끄는 이 고결한 마음가짐은, 한 사람의 성품 전반에 우아한 기운을 덧입힌다. 이러한 고결함은 흔치 않다. 그 바탕에는 넉넉하고도 큰 도량이 전제되어야 하기 때문이다. 이 성품의 가장 두드러진 특징은 적에 대해서조차 좋게 말하며, 그를 대할 때는 말보다 더 나은 행동으로 응답한다는 점이다. 이 자질은 특히 복수의 기회 앞에서 가장 선명하게 드러난다. 단순히 기회를 흘려보내는 데서 멈추지 않고, 완전한 승리의 순간을 통해 뜻밖의 관대함을 보여 줌으로써 상황 자체를 한 단계 끌어올린다. 이는 탁월한 전략이며, 더 나아가 정치적 수완의 정점이라 할 만하다. 그러한 승리는 결코 자신을 과시하지 않는다. 애초에 과시할 필요가 없기 때문이다. 마땅히 받아야 할 것을 받되, 자신의 공적을 드러내지 않는 것, 그것이 곧 품격이다.

132

당신의 판단을 재검토하라

내면의 '재심 법정'에 한 번 더 항소하는 일, 곧 스스로 깊이 다시 숙고하는 태도는 판단을 한층 안전하게 만든다. 특히 어떻게 행동해야 할지 분명하지 않을 때, 재검토는 결정을 확정하거나 더 나은 방향으로 다듬을 수 있는 시간을 확보해 준다. 그 과정에서 당신의 판단을 강화하고 뒷받침할 새로운 근거들이 자연스럽게 모습을 드러낸다. 무언가를 주어야 하는 상황이라면, 즉흥적인 베풂보다 충분한 숙고의 흔적이 보일 때 더 큰 가치를 지닌다. 오래 기다린 것은 더 귀하게 여겨지는 법이다. 반대로 거절해야 할 때는, 단순한 '아니오'가 아니라 상대가 받아들이기 쉬운 형태로 그 거절을 어떻게 숙성시켜 전달할지 고민할 시간을 벌 수 있다. 욕망의 첫 열기가 가라앉은 뒤에는, 냉정을 되찾은 상대가 거절의 충격 또한 훨씬 덜 아프게 받아들이게 된다. 특히 상대가 답을 재촉할 때는 오히려 응답을 늦추는 편이 현명하다. 그런 조급한 압박은 대개 당신의 판단력을 흐리게 하려는 일종의 속임수에 가깝기 때문이다.

홀로 현명하기보다 차라리
모두와 함께 바보가 되는 편이 낫다

정치인들은 종종 그렇게 말한다. 모두가 같은 방식으로 행동한다면 나만 손해 볼 일은 없지만, 혼자서 내세운 지혜는 대중의 눈에 오히려 어리석음으로 비치기 쉽기 때문이다. 이처럼 시대의 흐름을 읽고 그 물살을 따라 항해하는 일은 무엇보다 중요하다.

때로는 아는 척하지 않는 것, 더 나아가 정말로 모르는 상태를 유지하는 것이 가장 큰 지혜가 되기도 한다. 인간은 타인과 더불어 살아갈 수밖에 없고, 그 대다수는 무지하기 마련이다. '홀로 완벽하게 살려면 신이 되거나 야수가 되어야 한다.'는 격언이 있지만, 나는 이를 이렇게 바꾸고 싶다. '혼자 고결한 바보로 남기보다, 차라리 대중과 함께 현명해지는 편이 낫다.' 주변을 둘러보면 실현 불가능한 환상을 좇으며 독창적인 체하는 이들 또한 적지 않다.

134

삶에 필요한 자원을
두 배로 늘려라

그렇게 할 때 인생 또한 그만큼 확장된다. 아무리 탁월한 능력이라 해도, 오직 한 가지에만 기대거나 단 하나의 자원만을 신뢰해서는 안 된다. 모든 것은 두 벌로 준비해야 한다. 특히 성공의 기반이 되는 요소들, 타인의 호의나 존경을 떠받치는 근거라면 더욱 그렇다. 세상은 달이 차고 기울듯 끊임없이 변하며, 확실한 것은 아무것도 없다. 무엇보다 사람의 의지는 극도로 가변적인 것이다. 이러한 변덕에 대비하는 것이 현자의 임무다.

그를 위한 삶의 으뜸가는 원칙은 훌륭하고 유용한 자질을 언제나 이중으로 비축해 두는 데 있다. 대자연이 우리 몸에서 가장 중요하면서도 상처받기 쉬운 기관들인 눈과 귀, 손을 쌍으로 마련해 두었듯이, 삶의 기술 또한 성공을 위해 의지하는 자질들을 겹겹이 갖추어야 한다.

반대하는 습관을 키우지 말라

그것은 단지 당신이 어리석거나 성격이 비뚤어졌음을 증명할 뿐이다. 신중한 사람이라면 이런 태도를 갖지 않도록 격렬히 경계해야 한다. 모든 일에서 문제점을 찾아내는 것이 스스로 똑똑하다고 생각하게 할지는 몰라도, 그런 식의 말다툼은 결국 당신을 어리석은 자로 낙인찍을 뿐이다. 이런 부류의 사람들은 가장 즐거워야 할 대화조차 모의 전쟁터로 만들어 버린다. 그리하여 그들은 전혀 모르는 남들보다 오히려 곁에 있는 동료들에게 더 적대적인 존재가 된다. 산해진미 속의 모래알이 음식을 가장 크게 망치듯, 즐거운 유흥 속의 반대 의견 또한 분위기를 망치는 법이다. 평화로운 대화 속에 논쟁을 끌어들이는 것은 사나운 짐승과 길들여진 가축을 한 멍에에 묶는 것과 같고 이는 어리석을 뿐만 아니라 잔인한 짓이다.

사태의 핵심을 파악하라

그래야만 일이 돌아가는 흐름을 감지할 수 있다. 많은 이들이 불필요한 논쟁의 지엽적인 부분이나 지루하고 장황한 말의 덤불 속에서 길을 잃는다. 무엇이 진짜 논의되어야 할 본질인지조차 자각하지 못한 채 말이다. 그들은 하찮은 한 지점을 수없이 되풀이하며 자신과 타인을 소모시키지만, 가장 중요한 핵심에는 끝내 닿지 못한다. 이는 스스로 빠져나오지 못하는 정신적 혼란에서 비롯된 것이다. 그래서 내버려 두어도 될 일들에 시간과 인내를 탕진하고, 정작 반드시 다뤄야 할 본질 앞에서는 이미 시간도, 인내도 바닥나 있다.

현자는 자기 자신만으로 충분해야 한다

자신에게 있어 스스로가 전부인 사람은 어디에 있든 이미 세상의 귀한 것들을 모두 지닌 것과 다름없다. 만약 박학다식한 친구가 로마와 온 세상을 대신 보여줄 수 있다면, 스스로가 자신에게 그런 '만능의 친구'가 되어보라. 그러면 혼자 살아갈 자격이 갖추어진다. 자신의 지성보다 더 명석한 지성이 없고, 자신의 취향보다 더 고상한 취향이 없다면, 그가 더 무엇을 갈구하겠는가. 그는 오직 자기 자신에게 의지하게 될 것이며, 그 상태야말로 최고 존재인 신에 가장 가까이 다가선 모습이다. 고독 속에서도 풍요를 누릴 줄 아는 사람은 결코 짐승과 닮지 않았다. 그는 현자의 형상에 가깝고, 모든 면에서 신과 흡사하다.

사건을 내버려 두는 기술

공적인 삶이든 사적인 삶이든, 거센 파도가 일수록 이 기술은 더욱 절실해진다. 인간사에는 태풍 같은 격정의 폭풍이 휘몰아칠 때가 있다. 그럴 때는 항구로 물러나 닻을 내리고, 때가 지나가기를 기다리는 편이 지혜롭다. 처방은 언제나 약이 되지 않는다. 때로는 치료가 오히려 병을 악화시킨다. 그런 경우에는 흐름에 맡기고, 시간이 지닌 치유의 힘을 신뢰해야 한다. 언제 약을 쓰지 말아야 하는지를 아는 의사가 진정한 명의이며, 때로는 아무 조치도 취하지 않는 것이 가장 뛰어난 기술이 되기도 한다. 군중의 소란을 잠재우는 가장 효과적인 방법 역시 개입을 멈추고, 그들이 스스로 가라앉도록 두는 것이다. 지금 물러남은 곧 다가올 승리를 위한 준비다. 샘물은 조금만 휘저어도 흐려지지만, 손대지 않으면 저절로 맑아진다. 혼란에 대한 최고의 처방은 그것이 제 길을 가도록 내버려 두는 일이다. 그렇게 할 때, 모든 것은 결국 고요로 돌아간다.

운이 따르지 않는 날을 알아차려라

그런 날이 있다. 그런 날에는 아무것도 뜻대로 되지 않으며, 판을 바꿔 보아도 불운은 좀처럼 물러서지 않는다. 오늘이 행운의 날인지 아닌지는 두 번쯤 시도해 보면 충분히 가늠할 수 있다. 마음을 포함해 세상의 모든 것은 끊임없이 변화한다. 누구도 늘 현명할 수는 없으며, 편지 한 통을 잘 쓰는 일조차 때로는 운의 작용에 달려 있다. 완벽함이란 언제나 시기와 맞물려 있으며, 아름다움조차도 제 빛을 발하는 시간이 따로 있다. 지혜 또한 예외는 아니어서, 지나치거나 모자라 실패하는 순간이 반드시 찾아온다. 어떤 일이 잘되려면, 그것은 반드시 자기에게 허락된 '자기만의 날'에 이루어져야 한다. 이 때문에 어떤 이의 일은 매번 어긋나고, 또 어떤 이는 큰 수고 없이도 모든 일이 술술 풀린다. 후자의 경우에는 모든 것이 이미 준비되어 있고, 재치는 제때 발휘되며, 보이지 않는 수호신의 힘과 상승하는 운명의 별이 함께한다. 그러한 순간이 오면 기회를 붙잡아야 한다. 아주 사소해 보이는 틈조차도 흘려보내서는 안 된다. 다만 영민한 사람은 단 한 번의 행운이나 불운만으로 하루의 운세를 단정하지 않는다. 하나는 우연히 스쳐 간 행운일 수 있고, 다른 하나는 그저 사소한 성가심에 불과할 수도 있기 때문이다.

사물에서 즉시 좋은 점을 찾아내라

그것이 고상한 취향이 지닌 가장 큰 미덕이다. 꿀벌은 벌집을 채우기 위해 꿀을 향해 날아가고 뱀은 독을 품기 위해 쓴 담즙을 찾는다. 취향 또한 이와 다르지 않다. 어떤 이는 좋은 것을 향하고, 어떤 이는 나쁜 것을 좇는다. 세상에 장점이 전혀 없는 것은 없다. 특히 책은 생각할 거리를 건넨다는 점에서 더욱 그러하다. 그럼에도 많은 이들은 둔한 후각을 지닌 탓에, 수천 가지 장점 속에서 오직 하나의 결점만을 찾아낸다. 그리고는 인간의 정신과 마음을 뒤지는 청소부라도 된 듯, 그 결점 하나를 집요하게 비난의 대상으로 삼는다. 그들이 작성하는 것은 통찰의 목록이 아니라 결점의 목록이며, 이는 지성의 날카로움이 아니라 취향의 천박함을 더 노골적으로 드러낼 뿐이다. 그들은 쓴맛만을 씹고, 쓰레기로 배를 채우며 스스로를 가난하게 만든다. 수많은 결점 가운데서도 우연히 마주친 단 하나의 아름다움을 붙잡는 사람, 바로 그런 이가 진정으로 복 받은 취향을 지닌 사람이다.

141

자신의 말에 도취되지 말라

타인을 즐겁게 하지 못한 채 자기만족에만 빠지는 말은 아무 쓸모가 없으며, 그 대가로 돌아오는 것은 대개 대중의 경멸이다. 스스로에게 쏟는 과도한 관심은 본래 타인을 향해야 할 몫이다. 말을 하면서 동시에 자기 말에 감탄하는 태도는 결코 좋은 결과를 낳지 않는다. 혼잣말조차 어리석은데, 남들 앞에서 자신의 목소리를 음미하는 일은 그보다 두 배는 더 어리석다. '내가 말했듯이', '그렇지?' 같은 표현을 습관처럼 던져 청자를 난처하게 만드는 것은 흔히 지위가 높다는 이들이 빠지기 쉬운 결점이다. 그들은 문장을 끝맺을 때마다 박수나 아첨을 기대하며, 듣는 이들의 인내심을 은근히 시험한다. 거만한 사람들 또한 메아리처럼 되돌아오는 자신의 말에 취해 말한다. 그들의 대화는 마치 '칭찬'이라는 목발에 의지해 비틀거리는 걸음과 같아서, 매 단어마다 '브라보!'라는 어리석은 환호가 있어야만 겨우 이어진다.

142

상대방이 먼저 옳은 쪽을 택했다는 이유로
고집 때문에 일부러 나쁜 쪽을 택하지 말라

그렇게 하면 다툼을 시작하기도 전에 이미 패한 것이나 다름 없다. 머지않아 망신을 당하며 물러서게 될 것이다. 그릇된 논리라는 나쁜 무기로는 결코 승리할 수 없기 때문이다. 상대가 더 나은 입장을 선점한 것은 영리한 판단이다. 그런데 그 뒤를 따라오며 굳이 최악의 자리를 택하는 것은 스스로를 해치는 어리석음에 지나지 않는다. 이런 고집은 말에서보다 행동에서 더욱 위험하다. 행동은 언제나 말보다 훨씬 큰 대가와 위험을 동반한다. 고집 불통인 사람들의 공통된 실수는 분명하다. 진실에 반대하느라 진실을 잃고, 유용한 것에 시비를 걸다 정작 이로움을 놓친다. 현명한 사람은 감정에 휘둘리지 않고 오직 '옳음'의 편에 선다. 그 길을 먼저 발견하든, 혹은 뒤늦게 합류해 더 나은 방향으로 다듬든 상관없다. 만약 적이 어리석은 자라면, 당신이 옳은 편에 섰을 때 그는 반대를 위해 오히려 더 나쁜 길로 돌아설 것이다. 그러므로 적을 옳은 길에서 몰아내는 유일한 방법은, 당신 자신이 그 길을 선택하는 데 있다. 그의 어리석음이 스스로를 이탈하게 만들고, 그의 고집이 마침내 자신을 파멸로 이끌 것이다.

진부함을 피하려고 무리하게
역설을 내세우지 말라

양극단은 모두 우리의 평판을 해친다. 합리적인 이성에서 벗어난 모든 시도는 어리석음에 가깝다. 역설은 일종의 속임수다. 처음에는 그 참신함과 자극적인 맛 때문에 박수를 받을지 모르나, 머지않아 그 속임수가 간파되고 내용의 빈약함이 드러나면 결국 신뢰를 잃게 된다. 그것은 일종의 요술과 같아서, 만약 정치적인 문제에서 이런 식의 역설을 부린다면 나라를 망칠 수도 있다. 탁월함이라는 정공법을 통해 위대한 업적을 이룰 능력이 없거나 그럴 용기가 없는 자들이 '역설'이라는 우회로를 택한다. 어리석은 자들은 이에 감탄하겠지만, 현자들은 곧 닥칠 그들의 실패를 예견하는 예언자가 될 뿐이다. 이러한 태도는 판단력이 균형을 잃었음을 증명한다. 그것이 완전히 거짓에 근거한 것이 아닐지라도, 확실히 불확실한 것에 바탕을 두고 있기에 인생의 중대한 일들을 위험에 빠뜨린다.

타인의 이익에서 출발해
당신의 목적에서 끝을 맺어라

이것이 목표를 이루기 위한 가장 노련한 수단이다. 심지어 영적인 영역에서도 기독교의 스승들은 이러한 '거룩한 책략'의 중요성을 강조해 왔다. 이는 매우 중요한 위장술이다. 상대가 예상하는 이익이 미끼가 되어 그의 의지에 영향을 미치기 때문이다. 그는 자신의 일이 순조롭게 진행되고 있다고 믿겠지만, 실제로는 다른 사람, 곧 당신의 길을 열어주고 있을 뿐이다. 위험한 지형일수록 정체를 드러내지 않고 나아가야 한다. 언제나 '아니오'부터 내뱉는 이들을 상대할 때도 이 방법은 유효하다. 먼저 상대의 관심사에서 이야기를 시작해 두면, 훗날 당신의 진짜 제안을 꺼냈을 때 그는 자신이 상당한 양보를 하고 있다는 사실조차 자각하지 못한 채 당신의 뜻에 따르게 된다. 이 조언은 삶의 가장 미묘한 전략을 다루는, 이른바 '다시 생각하기'의 규칙에 속한다.

145

아픈 손가락을 남에게 보이지 말라

모든 것이 결국 그곳에 부딪히게 마련이다. 그것을 입에 올려 불평하지도 말라. 악의는 언제나 약점이 드러난 자리를 향해 움직이기 때문이다. 분노하거나 짜증을 내봐야 아무 소용이 없다. 사람들의 대화 속에서 비웃음의 대상이 되는 순간, 당신의 짜증은 오히려 더 커질 뿐이다. 악의는 자극할 상처를 찾아내고, 인내심을 시험하기 위해 화살을 날리며, 당신의 급소를 찌르기 위해 온갖 수단을 동원한다. 현명한 사람은 자신이 타격을 입었음을 쉽게 인정하지 않는다. 개인적인 불행이든 집안의 사정이든, 그것을 밖으로 드러내지 않는다. 운명조차 때로는 우리의 가장 연약한 부분을 상처 내는 데 묘한 즐거움을 보이기 때문이다. 운명은 항상 상처 난 살점을 더욱 쓰라리게 만든다. 그러므로 굴욕이 멈추고 기쁨이 오래가기를 바란다면, 당신을 괴롭히는 원천도, 당신을 기쁘게 하는 원천도 함부로 드러내지 말라.

사물의 내면을 파악하라

사물은 대개 겉모습과 다르다. 껍질을 벗겨 보려 하지 않는 무지는, 마침내 알맹이와 마주한 뒤에야 비로소 환상에서 깨어난다. 거짓은 언제나 가장 먼저 도착한다. 특유의 저속함으로 어리석은 자들을 앞장서 이끈다. 반면 진실은 늘 뒤처져 나타나며, '시간'이라는 팔에 의지한 채 절뚝거리듯 다가온다. 그러므로 현명한 자는 대자연이 지혜롭게 두 개씩 나누어 준 눈과 귀 같은 능력 중 절반은 끝까지 진실을 위해 남겨 둔다. 기만은 매우 피상적이기에, 피상적인 사람들은 그 함정에 쉽게 빠진다. 반대로 신중함은 내면 깊숙이 숨어 있으며, 오직 현자와 지혜로운 이들만이 그곳을 찾아낸다.

147

다가가기 어려운 사람이 되지 말라

타인의 조언이 전혀 필요 없을 만큼 완벽한 사람은 없다. 누구의 말도 들으려 하지 않는 이는 고칠 수 없는 어리석음에 빠진 사람일 뿐이다. 아무리 뛰어난 지성을 지녔다 해도, 우호적인 조언이 스며들 자리는 반드시 남겨 두어야 한다. 최고의 권력조차 때로는 기대는 법을 알아야 한다. 어떤 이들이 구제 불능에 이르는 이유는 능력의 부족이 아니라, 그들이 지나치게 다가가기 어려운 존재가 되었기 때문이다. 아무도 감히 그들을 오류에서 건져내려하지 않기에, 결국 그들은 스스로 파멸을 맞는다.

지위가 높을수록 우정을 향해 문을 열어 두어라. 그 문이야말로 위기의 순간에 당신을 살리는 '구원의 문'이 될 수 있다. 진정한 친구라면 당혹감 없이 자유롭게 조언하고, 필요하다면 꾸짖을 수도 있어야 한다. 그에게 그런 권한을 부여하려면 그의 조언에 만족하고 그의 변치 않는 성의에 대해 믿어야 한다. 모든 사람을 존중할 필요도, 모든 말을 그대로 받아들일 필요도 없다. 그러나 신중함의 가장 깊은 자리에는, 자신의 오류를 바로잡아 주고 그에 대해 감사할 수 있는 '진실한 거울' 같은 심복, 단 한 사람쯤은 반드시 두어야 한다.

대화의 기술을 갖추어라

대화는 그 사람의 진정한 인격이 가장 또렷이 드러나는 자리다. 인생에서 대화만큼 흔한 일도 드물지만, 그만큼 세심한 주의를 요구하는 일 또한 없다. 우리는 대화를 통해 무언가를 얻기도 하고, 반대로 잃기도 한다. 심사숙고 끝에 쓰는 '서면 대화'인 편지한 통에도 정성이 필요한데, 순간적인 판단과 지성을 요구하는 일상의 대화가 어찌 더 섬세하지 않을 수 있겠는가. 전문가들은 혀를 통해 영혼의 맥박을 짚어낸다. 그래서 현자는 "말하라, 그러면 내가 당신을 알리라"라고 했다. 어떤 이들은 대화의 기술이란 별다른 기교가 없는 것이라고 말한다. 옷차림처럼 요란하지 않고 단정하면 된다는 것이다. 이는 친구 사이의 대화에 해당한다. 그러나 존경을 표해야 할 이와 마주할 때는, 그에 걸맞은 품격과 위엄을 갖추어야 한다. 대화가 적절해지려면, 상대의 마음과 어조에 맞출 줄 알아야 한다. 단어 하나하나를 집요하게 따지는 비평가가 되지 말라. 그런 태도는 곧 현학적인 사람이라는 인상을 남긴다. 타인의 생각을 가로채는 세금 징수원처럼 굴지도 마라. 그러면 사람들은 당신을 경계하며 멀리할 것이다. 대화에서는 유창한 달변보다 신중함이 훨씬 더 중요하다.

악의적인 책임을 남에게 넘기는 법을 알라

타인의 악의로부터 자신을 보호할 방패를 마련하는 일은, 통치자에게 무엇보다 중요한 기술이다. 비방하는 이들은 이를 무능함의 징표로 여기겠지만, 실상은 고도로 계산된 전략에 가깝다. 곧 불만을 품은 자들의 비난과 대중의 혐오를 대신 떠안은 누군가를 세워 두는, 정교한 정치적 장치인 셈이다. 모든 일이 늘 순조로울 수는 없고, 모든 사람을 만족시킬 수도 없다. 그러므로 설령 자존심에 상처가 남더라도, 불운한 사업의 책임을 대신 짊어질 희생양이나 표적을 미리 마련해 두는 편이 현명하다.

제값을 받는 법을 알아라

본질적인 가치, 곧 내재적 가치만으로는 충분하지 않다. 모든 사람이 알맹이를 맛보려 하거나 내면을 들여다보는 것은 아니기 때문이다. 대부분의 사람들은 군중의 흐름을 따르며, 남들이 향하는 방향을 보고 움직인다. 그래서 어떤 것에서 명성을 얻는다는 것은 위대한 기술이다. 때로는 그것을 적극적으로 칭찬하라. 칭찬은 욕망을 자극한다. 때로는 강렬한 이름을 붙여라. 가식적이지만 않다면, 그것은 가치를 끌어올리는 훌륭한 장치가 된다. 또한 오직 '전문가'에게만 제공된다고 공언하는 것 역시 강력한 유혹이다. 사람들은 누구나 스스로를 전문가라고 여기며, 설령 그렇지 않더라도 배제될지 모른다는 감각은 욕망을 더욱 부추긴다.

어떤 것을 '쉽다'거나 '흔하다'고 말하지 말라. 그것은 접근성을 높이는 것이 아니라, 스스로 가치를 깎아내리는 일이다. 사람들은 모두 흔치 않은 것을 좋는다. 희소함은 미각뿐 아니라 지성도 자극하기 때문이다.

151

미리 생각하라

오늘 내일을 생각하고, 더 나아가 며칠 뒤의 일까지 미리 생각하라. 가장 위대한 선견지명은 고난이 닥칠 시기를 미리 예측하는 데 있다. 준비된 자에게 불운이란 없으며, 매사에 조심하는 자에게는 간신히 살아남는 아슬아슬한 위기란 없다. 진흙탕이 턱밑까지 차오를 때까지 생각을 미뤄서는 안 된다. 성숙한 숙고는 아무리 거대한 어려움이라도 극복해 낼 수 있다. 베개는 침묵하는 예언자다. 나중에 일이 터져서 잠 못 이루는 것보다, 미리 생각하며 하룻밤을 깨어 있는 것이 훨씬 낫다. 많은 이들이 먼저 행동하고 나중에 생각한다. 그들은 결과보다 변명거리를 더 많이 생각하는 것이다. 물론 전에도 후에도 아예 생각하지 않는 이들도 있다. 인생 전체는 올바른 길을 잃지 않기 위한 하나의 사유 과정이어야 한다. 반추와 선견지명은 한 사람의 인생 경로를 결정해 준다.

당신을 가리는 자와 동행하지 말라

그가 당신을 더 가릴수록, 그는 동행자로서 그만큼 더 부적합한 존재다. 그의 자질이 뛰어나고 명성이 높을수록, 그는 언제나 주역을 맡고 당신은 조연으로 밀려난다. 설령 당신이 대접을 받는다 해도, 그것은 그가 남긴 몫의 찌꺼기에 불과할 것이다. 달은 별들 사이에서 홀로 있을 때 가장 밝다. 그러나 태양이 떠오르면 달은 보이지 않거나 알아볼 수 없게 된다. 당신을 가려버리는 사람과 함께하지 말고, 오히려 당신을 더 환하게 드러내 주는 이들과 함께하라. 마르티알◆의 시에 등장하는 영악한 파불라는, 동행자들의 추하고 무질서한 모습 덕분에 자신을 더욱 아름답고 눈부시게 보이게 만들었다. 그러나 나쁜 동료 때문에 스스로를 위험에 빠뜨려서도 안 되며, 자신의 명성을 희생해 타인의 영광을 떠받쳐서도 안 된다. 성공을 향해 나아가는 중이라면 탁월한 이들과 어울려라. 그러나 이미 성공의 자리에 올랐다면, 평범한 이들과 어울려라.

◆　1세기 스페인 출생 로마 시인

전임자의 업적이
큰 곳을 메워야 할 때는 조심하라

만약 그 자리에 들어간다면 반드시 전임자를 능가해야 한다. 단지 전임자와 대등한 평가를 받기 위해서라도 후임자는 두 배의 노력이 필요하다. 만약 당신이 전임자라면, 후임자로 인해 사람들이 당신을 그리워하게 만드는 것이 훌륭한 기술인 것처럼, 당신이 후임자라면 전임자가 당신의 빛을 가리지 않게 만드는 것도 꼭 필요한 전략이다. 전임자의 위업을 대신하는 일은 매우 어렵다. 사람들에게는 과거가 항상 더 좋아 보이기 마련이며, 전임자에게는 선점의 권리가 있기 때문에 그와 대등한 것만으로는 부족하다. 그러므로 당신은 여론을 장악하고 있는 전임자를 밀어내기 위해, 그보다 더 뛰어난 추가적인 능력을 반드시 갖추어야만 한다.

쉽게 믿지도, 쉽게 좋아하지도 말라

정신적인 성숙함은 천천히 믿는 태도에서 가장 잘 드러난다. 세상에 거짓말은 흔한 것이니, 무언가를 믿는 일만큼은 흔치 않은 일이 되게 하라. 남의 말에 쉽게 휘둘리는 사람은 금방 사람들의 경멸을 사게 된다. 그렇다고 해서 상대의 진실성을 의심한다는 티를 내서는 안된다. 그것은 무례함을 넘어 모욕을 주는 일이 될 수 있기 때문이다. 상대가 나를 속이고 있거나, 혹은 상대 본인이 속고 있다고 대놓고 말하는 꼴이 되기 때문이다. 그뿐만 아니라 상대를 믿지 못하고 의심을 드러내는 것은 당신이 거짓말쟁이라는 증거가 되기도 한다. 거짓말쟁이는 두 가지 형벌을 받는데, 남을 믿지도 못하고 남에게 신뢰받지도 못하게 된다는 점이다. 듣는 자에게 있어 가장 신중한 태도는 판단을 보류하는 것이다. 그 정보가 사실인지 아닌지 말하는 사람이 그 정보의 출처에 책임을 지면 그만이다. 사람을 너무 쉽게 좋아하는 것 역시 비슷한 경솔함이다. 거짓은 말뿐만 아니라 행동으로도 지어낼 수 있으며, 이러한 행동의 기만은 현실 세계에서 훨씬 더 위험하다.

155

전략적으로 화를 내는 기술

가능하다면, 무례하게 들러붙는 이들에게는 신중한 사색으로 대응하라. 참으로 신중한 사람에게 이것은 그리 어려운 일이 아니다.

화를 내는 기술의 첫 단계는, 지금 당신이 화가 났다는 사실을 스스로에게 선언하는 것이다. 그 순간부터 당신은 성미를 의식적으로 통제한 상태에서 갈등이 시작하게 된다. 격정은 반드시 필요한 지점까지만 허용되어야 하며, 그 선을 넘어서서는 안 된다. 이것이야말로 분노 속으로 들어갔다가 다시 빠져나오는 고도의 기술이다. 언제, 어떤 방식으로 멈추는 것이 최선인지 알아야 한다. 전력으로 달리는 도중에 갑자기 멈춰 서는 일이 가장 어려운 법이다. 격렬한 분노의 한가운데에서도 명석한 통찰을 잃지 않는다면, 그것은 지혜가 지닌 가장 분명한 증거다. 과도한 격정은 언제나 이성적 행동의 궤도를 벗어난다. 그러나 이러한 노련한 절제를 통한다면, 이성은 침해되지 않고 양심의 경계 역시 흐려지지 않는다. 감정을 다스리기 위해서는 주의력이라는 고삐를 단단히 붙잡아야 한다. 이것이 가능한 사람만이 '달리는 말 위에서도 지혜로운 자', 곧 폭주하는 감정 위에서도 냉정을 잃지 않는 자로서 극히 드문 예외의 경지에 설 수 있는 사람이다.

156

친구는 당신이 스스로 선택하라

경험이라는 입학시험과 운명이라는 졸업 시험을 통과하고 나서야, 그들은 단순한 호의를 넘어 분별력까지 갖춘 진정한 친구가 된다. 친구 선택은 인생에서 가장 중요한 일 가운데 하나이면서도, 사람들이 가장 무심하게 넘기는 일이기도 하다. 어떤 이들은 지성을 기준으로 친구를 고르지만, 대부분은 그저 어쩌다 보니 친구가 된다. 그러나 사람은 언제나 그가 사귀는 친구를 통해 평가받는다. 현명한 사람과 어리석은 사람 사이에는 결코 진정한 합의가 성립할 수 없기 때문이다. 또한 함께 있는 시간이 즐겁다고 해서 그것이 곧 깊은 우정을 의미하지는 않는다. 그것은 상대의 능력이나 인격에 대한 신뢰라기보다, 단순히 그 사람이 주는 유쾌함 때문일 수도 있다. 우정에는 정당한 우정이 있는가 하면, 부적절한 우정도 있다. 후자는 오직 즐거움을 위한 것이고, 전자는 생각과 동기를 풍요롭게 만드는 우정이다.

사람들은 대개 한 개인의 인격 자체를 좋아하기보다는, 그의 처지나 환경을 좋아한다. 그러나 진정한 친구가 지닌 통찰력은, 타인의 막연한 호의보다 훨씬 더 큰 가치를 지닌다. 그러므로 친구는 우연히 얻는 존재가 아니라, 의식적으로 선택해야 할 대상이다. 지혜로운 친구는 걱정을 덜어주지만, 어리석은 친구는 걱정을 불러온다. 하지만 친구에게 너무 과한 행운이 따르기를 바라지는 말라. 그가 당신이 감당할 수 없을 만큼 높아지면, 결국 그 친구를 잃게 될지 모르기 때문이다.

실수 없이 인격을 판단하라

인격을 잘못 판단하는 것은 인생에서 최악의 실수이자, 동시에 가장 저지르기 쉬운 오류이다. 물건을 살 때 가격에서 손해를 보는 것이, 물건의 품질에 속는 것보다 차라리 낫다. 사람을 대할 때는 무엇보다도 그 내면을 들여다보아야 한다. 사람을 아는 일은 사물을 이해하는 일과는 전혀 다른 차원의 문제이기 때문이다. 상대의 감정이 지닌 깊이를 가늠하고, 성격의 특성을 구별해 내는 일은 심오한 철학의 영역이다. 사람은 책보다 훨씬 더 깊이 읽어야 할 대상이다.

친구를 활용할 줄 알아야 한다

여기에는 세심한 분별력이라는 기술이 필요하다. 멀리 있을 때 좋은 친구가 있고, 가까이 있을 때 좋은 친구가 있다. 대화는 서툴러도 편지에는 능한 이들이 많은데, 거리가 떨어져 있을 때는 가까이 지냈다면 참기 힘든 단점들이 가려지기 때문이다. 친구는 단순히 즐거움을 나누는 사이를 넘어, 삶에 실질적인 힘이 되어주는 존재여야 한다. 친구는 선한 가치의 핵심이자 모든 온전한 존재들이 갖추어야 할 세 가지 조건, 즉 일체감, 선한 의지, 그리고 진실함을 완벽히 갖춘 존재이기 때문이다. 좋은 친구가 될 자격을 지닌 사람은 본래 드물다. 게다가 사람들은 그를 가려내는 법을 잘 알지 못해, 진정한 친구의 수는 더욱 줄어든다. 친구를 사귀는 것보다 더 중요한 일은, 그 우정을 오래도록 유지하는 것이다. 오래도록 변치 않을 사람을 선택하라. 지금은 다소 서먹한 새 친구일지라도, 시간이 흐르면 경험이 쌓인 옛 친구가 될 것이라는 점이 큰 위안이 된다. 최고의 친구란 '소금에 잘 절여진 사람', 곧 경험을 통해 단단해진 이들이다. 비록 그 가치를 확인하기까지 소금기를 빼는 듯한 고된 시험이 필요하더라도 말이다. 친구 없는 삶은 사막과도 같다. 우정은 인생의 기쁨을 배로 늘리고, 불행은 절반으로 나눈다. 그것은 불운에 맞서는 유일한 처방전이며, 영혼을 맑게 환기시키는 창문이다.

어리석은 자들을 견뎌내라

지혜로운 사람일수록 조바심을 느끼기 쉽다. 지식이 늘어날수록 어리석음을 참아내기 어려워지기 때문이다. 많이 알게 될수록, 주변의 낮은 수준에 만족하기란 더욱 힘들어진다. 에픽테토스◆에 따르면 인생의 제1 원칙은 '견뎌내는 것'이다. 그는 인내를 지혜의 절반이라고 보았다.

세상에 존재하는 수많은 어리석음을 감당하려면 막대한 인내가 요구된다. 특히 우리는 가장 가까이 있고, 가장 의지하는 사람들 속에 있는 어리석음을 가장 많이 견뎌야 한다. 그러나 바로 그 과정이 자기 통제력을 기르는 가장 유익한 훈련이 된다. 인내로부터 평화가 자라난다. 그리고 이 평화야말로 사람들이 행복이라 부르는, 가장 값비싼 축복이다. 그러나 끝내 견딜힘이 남아 있지 않다면, 차라리 자기 내면으로 물러나 은둔하라. 다만 명심하라. 그곳에서도 당신은 결국 '자기 자신'이라는 어리석음을 견뎌내야 할 것이다.

◆ 로마제정시대 (1세기) 노예 출신의 위대한 스토아학파 철학자

160

말할 때 주의하라

경쟁자 앞에서는 신중하게 말하고, 다른 이들 앞에서는 품위 있게 말하라. 말을 덧붙일 시간은 언제나 충분하지만, 이미 내뱉은 말을 되돌릴 시간은 결코 오지 않는다. 마치 유언장을 작성하듯 말하라. 말이 적을수록 시비와 분쟁에 휘말릴 가능성도 줄어든다. 사소한 대화에서부터 말조심하는 습관을 들여라. 그래야 정말 중대한 순간이 닥쳤을 때 실수를 피할 수 있다. 깊은 침묵과 비밀을 지키는 힘에는 신성에 가까운 광채가 깃들어 있다. 경박하게 입을 놀리는 자는 머지않아 추락하거나 실패하게 된다.

당신이 남몰래 붙들고 있는
고질적인 단점을 파악하라

아무리 완벽해 보이는 사람이라도 단점은 있기 마련이다. 문제는 그 단점과 이미 결혼해 버렸거나, 혹은 부적절한 관계를 맺고 있다는 점이다. 이러한 결점은 종종 지적인 영역에서 드러난다. 지성이 높을수록 그 결점 역시 커지거나, 최소한 타인의 눈에는 더욱 선명하게 보이기 마련이다. 그 단점을 몰라서 고치지 못하는 것이 아니다. 오히려 그것을 '사랑'하기 때문에 버리지 못하는 것이다. 이는 두 배로 나쁜 일이다. 충분히 피할 수 있는 결함에, 비이성적인 애착을 붙들고 있기 때문이다. 단점은 완벽함 위에 묻은 얼룩과 같다. 그것은 당사자에게는 묘한 쾌감을 줄지 모르지만, 지켜보는 이들에게는 그만큼의 불쾌함을 안긴다. 이러한 고질병 같은 단점들을 깨끗이 털어내는 일은 큰 용기를 요구한다. 그러나 그렇게 할 때, 당신의 다른 재능들은 비로소 가려지지 않고 빛나기 시작한다. 사람들은 누구나 타인의 결점을 찾아내는 데 집요하다. 그들은 당신을 평가할 때 이 작은 오점에 유독 오래 머물며, 그것을 최대한 검게 덧칠해 다른 모든 자질을 가려버리려 할 것이다.

경쟁자와 비방하는 자를
제압하는 기술을 터득하라

그들을 단순히 경멸하는 것만으로는 충분하지 않다. 경멸이 지혜로운 태도일 때도 많지만, 그보다 더 중요한 것은 당당하고 의연한 태도를 잃지 않는 것이다. 자신을 비방하는 자들에 대해 오히려 호의적으로 말할 수 있는 사람은, 아무리 칭찬해도 모자랄 만큼 고귀한 인격을 지닌 사람이다.

질투하는 자들을 가장 확실하게, 그리고 가장 고통스럽게 굴복시키는 방법은 단 하나뿐이다. 압도적인 재능과 분명한 공로를 증명하는 것. 이것보다 더 영웅적인 복수는 없다. 모든 성공은 시기하는 자들의 목을 죄는 밧줄이 된다. 한 사람의 영광은 곧 다른 이에게는 지옥이 된다. 질투하는 자는 한 번 죽는 것이 아니라, 질투의 대상이 박수갈채를 받을 때마다 매번 죽음을 겪는다. 승자가 누리는 명성의 영속성은, 패자가 감내해야 할 고통의 깊이가 된다. 한 사람은 끝없는 영광 속에 살고, 다른 한 사람은 끝없는 고통 속에 살아간다. 승전보는 누군가에게는 영생을 선포하지만, 다른 누군가에게는 죽음을 고한다. 그것은 질투라는 감정에 짓눌려 서서히 말라가는, 길고도 고통스러운 죽음이다.

163

동정심 때문에 당신의 운명을
불행한 이의 운명과 엮지 마라

한 사람의 불운은 다른 누군가에게는 행운이 된다. 사람은 대개 많은 이들의 불행을 발판 삼아 행운을 누리기 때문이다. 불행한 자들에게는 사람들의 선의를 자극하는 묘한 힘이 있다. 사람들은 실질적 도움도 되지 않는, 즉 쓸모없는 호의로 그들의 불운을 보상해 주려 한다. 그래서 잘나갈 때는 미움을 받던 사람도, 역경에 빠지면 순식간에 모든 이에게 사랑받기도 한다. 상대의 성공을 시기하며 날을 세우던 복수심은, 그가 추락하는 순간 가련한 이를 향한 동정심으로 뒤바뀌고 만다. 그러나 운명이 카드를 섞는 방식을 유심히 지켜보라. 늘 불운한 사람들의 곁을 맴도는 이들이 있다. 어제까지만 해도 높이 날며 행복해 보이던 사람이, 어느새 그들 곁에서 함께 비참해져 있는 모습을 보게 될 것이다. 고통 받는 자와 운명을 함께하는 일은 고귀한 영혼의 증거일 수는 있다. 그러나 그것이 곧 세상을 살아가는 지혜는 아니다.

164

바람을 알기 위해 허공에 짚을 던져보라

　사물의 반응을 살피기 위해 허공에 짚을 던져보라. 특히 결과나 성공 여부가 불확실한 일일수록 더욱 그러하다. 이렇게 하면 일이 잘 풀릴지 미리 가늠할 수 있고, 본격적으로 추진할지 아니면 완전히 물러날지 판단할 기회를 얻게 된다. 이와 같은 방식으로 사람들의 의중을 떠봄으로써, 지혜로운 자는 자신의 입지가 어떠한지를 파악한다. 이는 무언가를 청할 때, 무언가를 욕망할 때, 나아가 통치할 때 반드시 지켜야 할 예견의 위대한 원칙이다.

명예롭게 전쟁하라

어쩔 수 없이 싸워야 할 순간이 오더라도, 결코 독화살을 사용해서는 안 된다. 사람은 자신의 본모습대로 싸워야지, 타인이 강요하는 비열한 방식에 휘말려서는 안 된다. 인생이라는 전쟁터에서 드러나는 당당한 기개는 결국 모든 이의 존중을 얻는다. 승리는 단지 힘으로 얻는 것이 아니라, 그 힘을 사용하는 방식에서도 완성되어야 한다.

비열하게 얻은 승리에는 영광이 없고, 남는 것은 수치뿐이다. 명예는 언제나 우위에 있다. 명예로운 자는 결코 금지된 무기를 들지 않는다. 이제 막 싹튼 증오를 위해 이미 끝난 우정을 이용하여 과거에 나누었던 비밀이나 신의를 복수의 도구로 삼지 않는다. 배신의 기미가 아주 미세하게 드러나는 것만으로도 좋은 명성에는 지울 수 없는 얼룩이 남는다. 명예로운 이들에게는 사소한 비열함조차 용납할 수 없는 혐오의 대상이다. 고결함과 비천함 사이에는 반드시 수만 리의 간극이 존재해야 한다. 만약 세상에서 용기와 관대함, 신의가 사라진다 해도, 사람들이 그것들을 다시 발견할 수 있는 곳이 바로 당신의 가슴이 될 거라는 자부심으로 살아가라.

166

말뿐인 사람과 행동하는 사람을 구분하라

이 분별력은 친구나 인물, 직업을 선택할 때만큼 중요하다. 세상은 온갖 유형의 사람들로 뒤섞여 있기 때문이다. 나쁜 행동을 하지 않더라도, 나쁜 말만으로도 충분히 해롭다. 그러나 말은 그럴듯하고 행동은 악한 사람은 그중에서도 최악이다. 실천 없는 말로는 아무것도 이룰 수 없으며, 예의 바른 기만에 불과한 공손함은 가치가 없다. 거울 빛으로 새를 유인해 잡는 것은 전형적인 속임수이다.

말은 반드시 실행을 약속이 되어야 한다. 잎만 무성하고 열매가 없는 나무는 대개 속이 비어 있다. 그러한 사람들의 본질을 꿰뚫어 보아야 한다. 그들은 잠시 해를 피하는 그늘막 정도의 역할 외에는, 결국 아무 쓸모가 없다.

167

자신의 역할을 알아야 한다

거대한 위기 앞에서 대담한 마음보다 더 든든한 동반자는 없다. 만일 마음이 흔들린다면, 스스로의 다른 강점에서 힘을 끌어와 보완하라. 자기 자신을 분명히 세우는 사람 앞에서는, 근심도 오래 머물지 못한다. 불운에 굴복하지 말라. 굴복하는 순간, 불운은 감당할 수 없을 만큼 무거워진다. 많은 이들이 곤경에 처했을 때 스스로를 돕지 않는다. 오히려 견디는 법을 몰라, 고통의 무게를 스스로 두 배로 키우곤 한다.

자신을 아는 사람은 자신의 약점을 다루는 법도 안다. 지혜로운 자는 모든 것을 정복하며, 심지어 정해진 운명마저 넘어선다.

168

어리석은 착각에 빠지지 말라

허영심 많고, 오만하며, 이기적이고, 신뢰할 수 없으며, 변덕스럽고, 고집 세고, 비현실적이며, 말과 행동이 연극조이고, 기발함만 쫓고, 캐묻기 좋아하며, 역설적이고, 파벌적인 사람들, 그리고 온갖 종류의 편협한 이들, 이런 사람들은 모두 무례함이 만들어낸 괴물들이다.

정신의 기형은 육체의 기형보다 훨씬 더 혐오스럽다. 그것은 더 높은 차원의 아름다움인 이성을 거스르기 때문이다. 하지만 이토록 완전히 혼란에 빠진 정신을 누가 도울 수 있겠는가? 자제력이 부족한 곳에는 타인의 조언이 들어설 자리가 없다. 이런 종류의 사람들은 타인들의 실제적인 조롱에는 귀를 닫은 채, 존재하지도 않는 '가상의 박수갈채'라는 근거 없는 착각 속에 스스로의 눈을 가려버린다.

백 번의 명중보다 한 번의
실수를 더 경계하라

태양이 작열할 때는 아무도 보지 않지만, 일식으로 가려지는 순간 모두가 주목한다. 세상의 입방아는 잘된 일보다 잘못된 일에 집중하며, 악평은 찬사보다 더 멀리 퍼진다. 많은 사람은 죽고 나서야 세상에 이름이 알려진다. 그러나 모순되게도, 한 사람이 평생 쌓은 모든 업적조차 단 하나의 작은 오점을 지우기에는 부족하다. 그러므로 실수를 범하지 않도록 주의하라. 악의적인 이들은 당신의 성공은 무시한 채, 오직 당신의 허물만을 눈여겨보기 때문이다.

170

모든 일에 예비책을 남겨두어라

그것이야말로 자신의 위상을 지키는 가장 확실한 방법이다. 사람은 자신의 능력과 권한을 한꺼번에, 혹은 어느 한 자리에서 모두 소진해서는 안 된다. 지식 또한 마찬가지다. 언제나 '후방 병력', 즉 여유분을 남겨두어야 가용 자원이 배가된다. 패배의 공포가 밀려올 때, 마지막으로 기대어 설 수 있는 무언가가 반드시 있어야 한다. 예비군은 공격군보다 더 중요하다. 예비군이야말로 진정한 용기와 지속되는 명성을 증명하는 힘이기 때문이다.

신중한 사람은 항상 안전이 확보된 상태에서 일을 시작한다. 이 지점에서 '절반이 전체보다 더 크다'는 역설은 분명한 진실이 된다.

영향력을 낭비하지 말라

거물급 인맥은 결정적인 순간을 위해 남겨두어라. 사소한 일에 큰 신뢰를 써버리는 것은 호의를 낭비하는 일이다. 비상용 닻은 최후의 순간을 위해 남겨두는 법이다. 하찮은 목적에 큰 카드를 다 써버리면, 그 다음에 남는 것은 무엇인가? 비호자보다 값진 것은 없고, 오늘날 호의만큼 큰 대가를 요구하는 것도 없다. 호의는 하나의 세계를 세울 수도, 무너뜨릴 수도 있다. 심지어 사람에게 분별력을 주기도 하고, 빼앗기도 한다. 타고난 재능과 명성은 현명한 자의 편이 될 수 있지만, 세상의 변수는 언제든 그를 불리하게 만든다. 그런 순간에는 재산보다도 상황을 바꿀 힘을 가진 권세 있는 자들의 호의가 더 결정적이다.

172

잃을 것이 없는 자와는
결코 다투지 말라

그 싸움은 애초부터 불평등하기 때문이다. 상대는 아무런 불안도 없이 싸움에 임한다. 수치심을 포함해 이미 모든 것을 잃은 자에게는 더 이상 두려워할 손실이 없다. 그렇기에 그는 무례와 파렴치한 수단을 가리지 않는다. 오랜 세월 공들여 쌓아온 소중한 명성을 그와 같은 끔찍한 위험에 노출시키지 않아야 한다. 단한 번의 경솔함이 그동안의 모든 노력을 물거품으로 만들 수 있다. 명예와 책임을 아는 자에게 명성이란 곧 잃을 것이 많음을 의미한다.

현명한 자는 자신과 타인의 평판을 신중히 저울질한다. 그는 오직 극도의 주의를 기울여서만 경쟁에 뛰어들며, 일단 시작하면 매우 신중하게 일을 진행함으로써 제때 물러나 평판을 안전하게 보호할 수 있는 여지를 남겨둔다. 설령 승리한다 하더라도, 패배의 위험에 자신을 노출시킴으로써 이미 상실한 명예를 승리의 전리품으로 되찾을 수는 없기 때문이다.

173

인간관계에서 유리 같은 사람이 되지 말라,
우정에서는 더욱 그렇다

어떤 이들은 너무도 쉽게 부서짐으로써 스스로의 불안정함을 드러낸다. 그들은 자기 안의 상상으로 먼저 상처를 입고, 타인의 말과 행동을 곧장 억압이나 공격으로 해석해 버린다. 그들의 감정은 눈동자보다도 더 예민하여, 농담으로든 진담으로든 함부로 건드려서는 안 된다. 들보 같은 큰 잘못을 기다릴 것도 없이, 티끌만 한 실수에도 깊은 모욕을 느낀다. 이런 사람과 관계를 맺는 이는 극도의 주의를 기울여야 하며, 말뿐 아니라 표정과 기색 하나하나까지 살펴야 한다. 아주 사소한 무심함조차 그들의 분노를 깨우기 때문이다. 그들은 대개 기분의 노예가 되어, 순간의 감정 때문에 모든 것을 내던진다. 결국 그들이 숭배하는 것은 하찮은 격식에 불과하다. 반면 참된 사랑의 기질은 단단하고 오래 지속된다. 진정한 사랑은 반쯤은 금강석과도 같다고 말할 수 있다.

174

조급하게 살지 말라

사물을 적절히 나눌 줄 안다는 것은, 그것들을 제대로 누릴 줄 안다는 뜻이기도 하다. 많은 이들이 삶이 끝나기 전에 먼저 운과 재산을 탕진해 버린다. 쾌락을 충분히 맛보지도 못한 채 스쳐 지나가고, 한참을 지나서야 목표를 넘어버렸음을 깨닫고는 되돌아가길 바란다. 그들은 마치 인생의 우편배달부처럼, 맡은 소명에 대한 조급함 때문에 삶의 자연스러운 보폭을 억지로 넓힌다. 평생에 걸쳐 소화해야 할 몫을 단 하루 만에 삼켜버리는 셈이다. 쾌락을 앞당겨 살고, 오지 않은 세월을 미리 소비하며, 그 조급함으로 인해 모든 것을 너무 일찍 끝내버린다.

지식을 구함에 있어서도 절제가 필요하다. 차라리 알지 않는 편이 나았을 것들까지 알게 될 위험이 있기 때문이다. 우리에게는 즐길 거리보다 살아내야 할 날들이 더 많이 남아 있다. 그러니 즐거움에는 느긋하되, 일에는 민첩하라. 사람들은 일이 끝날 때는 기쁨을 느끼지만, 즐거움이 끝날 때는 언제나 후회를 느끼기 때문이다.

175

견고한 사람

견고한 사람은 또한 내면이 단단하지 못한 다른 이들로부터 어떤 만족도 얻지 못한다. 토대가 약한 탁월함이란 결국 가련한 것에 불과하다. 사람의 형상을 하고 있다고 해서 모두가 온전한 인간은 아니다. 어떤 이들은 기만의 근원이 되어, 망상으로 가득 차 스스로 사기를 낳는다. 또 어떤 이들은 그러한 자들과 닮아, 실행되는 '진실'보다 약속만 요란한 '거짓'에서 더 큰 쾌감을 느낀다. 그러나 이런 변덕은 끝내 비참한 결말로 이어진다. 견고한 토대가 없기 때문이다.

오직 진실만이 참된 명성을 낳고, 오직 현실만이 실질적인 이익을 준다. 하나의 기만은 또 다른 수많은 기만을 불러들이며, 그렇게 공중에 세운 집은 결국 땅으로 무너져 내린다. 근거 없는 것은 오래 버티지 못한다. 지나치게 많은 것을 증명하려 드는 것이 진실일 수 없듯, 지나치게 많은 것을 약속하는 것은 결코 신뢰를 얻지 못한다.

176

지식을 갖추거나,
지식을 가진 사람과 가까이하라

자기 자신의 지성이든 타인의 지성이든, 지성이 결여된 삶에서 참된 삶이란 불가능하다. 그러나 많은 이들은 자신이 무엇을 모르는지조차 알지 못한 채, 아무것도 모르면서도 스스로 알고 있다고 착각한다. 지성의 결핍은 교정하기가 몹시 어려운데, 무지한 자는 자기 자신을 알지 못하므로 무엇이 결여되었는지조차 찾아나설 수 없기 때문이다. 사람들은 스스로를 지혜롭다고 여기지 않았더라면, 오히려 더 지혜로워졌을 것이다. 그래서 지혜의 신탁, 곧 올바른 조언은 드물 뿐 아니라, 설령 존재하더라도 좀처럼 쓰이지 않는다. 그러나 타인에게 조언을 구하는 일은 결코 자신의 위대함을 훼손하거나 무능함을 드러내는 행위가 아니다. 오히려 조언을 구할 줄 안다는 사실이야말로 이미 충분히 현명하다는 증거다. 패배를 자초하고 싶지 않다면, 이성과 상의하라.

인간관계에서 지나친 친밀함을 피하라

타인에게 허물없이 대하지도 말고, 타인이 당신을 그렇게 대하도록 허락하지도 마라. 격식을 무너뜨리며 친해지는 순간, 사람은 자신이 지닌 영향력의 우위, 곧 존중의 근거를 잃게 된다. 결과적으로 사라지는 것은 친밀함이 아니라 존중이다.

밤하늘의 별이 광채를 유지하는 까닭은 사람들과 섞이지 않기 때문이다. 신적인 것은 언제나 예의와 거리를 요구한다. 지나친 친밀함은 필연적으로 경멸을 낳는다. 인간관계에서도 마찬가지다. 자신을 과도하게 드러낼수록 사람은 가진 것이 적어 보인다. 격식 없는 교류 속에서는 침묵과 절제가 가려주었을 결점들까지 여과 없이 노출되기 때문이다. 그러므로 친밀함은 미덕이 아니다. 윗사람과 지나치게 가까워지면 위험해지고, 아랫사람과 지나치게 가까워지면 품위를 잃는다. 특히 무지한 사람과는 결코 친밀해지지 마라. 그들은 당신이 베푼 호의를 당신이 그들을 필요로 한다는 신호로 착각하고, 서슴없이 무례하게 굴 것이다. 지나친 친밀함은 천박함과 맞닿아 있다.

178

자신의 마음을 믿어라

특히 그 마음이 옳았음이 이미 증명되었다면 더욱 그러하다. 마음의 소리를 외면하지 말라. 그것은 가장 중요한 일을 예고하는 집 안의 신탁이다. 자기 마음을 두려워하다가 스스로를 파멸시킨 이들이 많다. 그러나 더 나은 대안도 없이 두려워한들 무엇을 얻겠는가! 어떤 이들은 타고난 참된 마음을 지녀 불행을 미리 알아차리고 그 해를 미연에 막는다. 극복하려는 목적이 아니라면, 재앙을 스스로 불러들일 필요는 없다. 어떤 이들은 타고난 마음의 감각이 있어 불행이 닥치기 전 마음의 경고를 듣는다. 불행을 극복하겠다는 분명한 이유가 없는 한, 굳이 불행을 직접 마주하러 나설 필요는 없다.

침묵은 뛰어난 지혜를 보증한다

가슴속에 비밀을 간직하지 못하는 사람은 곧 공개된 편지와 같다. 내면의 토대가 단단한 곳에만 깊은 비밀이 깃들 수 있으며, 중요한 것들을 숨겨둘 넉넉한 지하실도 그런 곳에 존재한다. 침묵은 자기 통제에서 나오며, 이 점에서 스스로를 다스릴 수 있다는 것은 참된 승리다. 비밀을 누군가에게 털어놓을 때마다, 당신은 그에게 자유를 붙들리는 셈이 된다.

지혜의 안전은 내면의 절제에 있다. 침묵이 맞닥뜨리는 위험은 타인의 집요한 캐묻기, 비밀을 파헤치려고 반박의 술수 쓰기, 그리고 상대를 떠보기 위해 비꼬기 등에 있다. 신중한 사람은 이를 피하고자 오히려 더 침묵한다. 해야 할 일은 굳이 말할 필요가 없고, 말해야 할 일은 굳이 행동으로 옮길 필요가 없다.

180

적에게 당신의 지혜를 주지 말라

어리석은 자는 당신이 알려준 현명한 방책을 어차피 실행할 줄 몰라 따르지 않을 것이고, 신중한 사람은, 남이 세워준 계획을 그대로 따르는 일 자체를 하지 않는다. 그것이 이미 실행된 계획이라 해도 마찬가지다. 사안의 양면을 치밀하게 검토하라. 판단은 저마다 다르니, 남들이 그럴듯하다고 여기는 추측에 기대지 말고, 당신이 실제로 통제할 수 있는 선택지에 집중하라.

181

진실, 그러나 전부가 아닌 진실

진실만큼 주의를 요하는 것은 없으니, 그것은 심장을 가르는 메스와 같다. 진실을 말할 때는 숨길 때만큼이나 신중해야 한다. 단 한 번의 거짓은 온전한 정직이라는 평판을 무너뜨린다. 기만은 반역으로 간주되며, 기만하는 자는 배신자로 낙인찍힌다. 그러나 모든 진실을 다 말할 수는 없는 법. 어떤 진실은 나 자신을 위해, 또 어떤 진실은 타인을 위해 남겨두어야 한다.

182

모든 일에 담대함을 조금 섞어라

이는 신중함의 중요한 덕목이기도 하니, 타인을 평가함에 있어 절제하여 그들을 지레 겁먹을 만큼 과대평가하지 않아야 한다. 상상력이 마음을 지배하도록 허용해서는 안 된다. 실제로 경험하기 전까지는 위대해 보이는 사람들이 많지만, 막상 대면해 보면 존경심보다는 오히려 실망감을 주는 경우가 허다하다. 그 누구도 인간성이라는 좁은 울타리를 넘어설 수는 없으며, 누구나 마음속에 혹은 생각에 약점을 품고 살기 마련이다.

위엄은 겉치레뿐인 권위를 부여할 뿐, 실제 능력과 일치하는 경우는 드물다. 운명은 종종 직위의 높이를 소유자의 비천함으로 상쇄하곤 한다. 상상은 언제나 현실보다 앞서가며 화려한 색을 칠하고, 사물을 있는 그대로가 아니라 바라는 대로 그리곤 한다. 그러나 과거의 실망을 통해 얻은 주의 깊은 경험은 곧 모든 착각을 바로잡아 줄 것이다.

지혜가 지나친 소심함으로 흐르지 말아야 하듯, 어리석음 또한 무모한 대담함으로 나서서는 안 된다. 자기 확신이 무지한 자에게도 도움이 된다면, 하물며 용기와 지혜를 갖춘 이에게는 그힘이 얼마나 크겠는가.

183

자신의 견해를 지나치게 고수하지 말라

어리석은 이는 모두 확신에 차 있으며, 지나치게 확신하는 이는 모두 어리석다. 판단이 그릇될수록 고집은 더욱 완고해지는 법이다. 설령 명백히 옳은 경우라도 때로는 한 발 물러서는 것이 미덕이 될 수 있다. 결국 나의 견해가 옳았음은 밝혀질 것이며, 그때 물러설 줄 알았던 나의 정중함은 더욱 빛을 발할 것이기 때문이다. 고집으로 잃는 것이 승리로 얻는 것보다 크다면, 이는 진실을 수호하는 것이 아니라 단지 무례함을 드러내는 행위에 불과하다. 결코 자신의 주장을 굽히지 않는 고집스러운 이들이 있다. 그런 고집에 변덕스러움까지 더해진다면, 그들의 행동은 더욱 참기 힘든 어리석음으로 비쳐진다. 굳건함은 의지를 위한 것이어야지, 지성을 위한 것이 되어서는 안 된다. 판단마저 틀리고 실행에서까지 실패하여 두 번의 오류를 범하는 예외적인 경우도 있지만, 지혜로운 사람은 자신의 생각에 결코 갇히지 않는다.

형식에 얽매이지 말라

심지어 왕이라 할지라도 형식에 지나치게 집착하는 행동은 그저 기이한 습관으로 불릴 뿐이다. 형식에 지나치게 몰두하는 사람은 대개 따분한 사람이 되기 쉽다. 그러나 어떤 나라들은 이러한 특이한 집착을 국가적 미덕으로 여기기도 하는데, 어리석음은 바로 이런 것들로 만들어지는 법이다. 이런 사람들은 자기 자신의 품위를 숭배하지만, 아주 사소한 일에도 그 품위가 무너질까 걱정하는 모습은 오히려 그 품위가 얼마나 하찮은지 드러내는 셈이다. 마땅히 존중을 요구할 수는 있지만, 의전의 노예가 되어서는 안 된다. 예법에 가식을 부려서도 안 되지만, 그렇다고 그것을 경멸해서도 안 된다. 그토록 사소한 예법에만 능통한 사람은 결코 위대한 인물이 될 수 없기 때문이다.

단 한 번의 승부에 모든 신뢰를 걸지 말라

그 한 번이 실패로 끝난다면, 그 손실은 되돌릴 수 없기 때문이다. 사람은 누구나 한 번쯤, 특히 첫 시도에서 넘어지기 마련이다. 세상은 늘 우리 편이 아니기에, '쥐구멍에도 볕 들 날이 있다'는 말이 생겨난 것이다.

항상 첫 번째 시도와 두 번째 시도를 연결해 두어라. 첫 시도가 성공이든 실패든, 그 경험은 반드시 다음 시도의 허점을 메워줄 것이다. 늘 더 나은 해법을 모색하고, 더 많은 자원을 활용할 수 있도록 대비하라. 세상사는 수많은 우연에 흔들리며 흘러가니, 성공의 기쁨이 드문 이유 또한 여기에 있다.

186

지위가 아무리 높을지라도
그 결함을 직시하라

고결한 인격은 악덕이 비단옷을 걸치고 금관을 썼다 해도 그 본질을 결코 오해하지 않으며, 그 추악한 실체를 숨기지 못하게 한다. 노예가 그 주인의 고귀함을 아무리 자랑한다 해도, 그 내재된 비열함은 결코 사라지지 않는 법이다. 악덕은 비록 높은 자리에 서 있을지언정, 그 본질은 여전히 비천할 따름이다. 사람들은 위대한 인물에게 큰 결함이 있다고 생각하지, 그 결함 때문에 그가 '위대하지 않다'고는 생각하지 못한다. 강자들의 겉모습이 너무나 그럴듯하여 그들의 사악함조차 번지르르하게 포장되기 때문이다. 결국 아첨하는 이들은 강자의 악덕은 미화하면서도, 낮은 위치에 있는 자들의 똑같은 악행은 혐오하는 모순에 빠지고 만다.

187

즐거운 일은 직접 수행하고, 불쾌한 일은 타인을 통해 처리하라

즐거운 일은 직접 행함으로써 타인에게서 호의를 얻고, 불쾌한 일은 타인을 통해 처리함으로써 원한을 피할 수 있다. 위대한 인물은 호의를 받는 것보다 베푸는 데서 더 큰 기쁨을 느끼니, 이는 관대한 품성을 지닌 자만이 누릴 수 있는 특권이다. 대개 타인에게 고통을 안겨줄 때면 동정심이나 후회로 인해 스스로도 고통을 느끼게 마련이기 때문이다.

높은 자리에 있는 사람은 오직 보상과 징벌로만 타인들을 움직일 수 있다. 그러니 보상은 직접 수여하고, 처벌은 타인의 손을 빌려 집행해야 한다. 항상 불만과 증오, 비방의 화살을 대신 감당할 대상을 마련해 두어라. 군중의 분노는 마치 개의 격노와 같아서, 고통의 진짜 원인을 찾지 못하면 자신을 때린 채찍을 물어뜯기 마련이다. 설령 채찍이 진정한 가해자가 아닐지라도, 결국 그 대가를 치르게 되는 법이다.

칭찬을 전하는 사람이 되어라

타인을 칭찬하는 것은 곧 자신의 안목이 훌륭하다는 사실을 입증한다. 이는 우리가 이미 무엇이 탁월한지 이해하고 있으며, 현재 눈앞에 있는 가치를 소중히 여길 줄 안다는 것을 증명하기 때문이다. 칭찬은 대화를 풍성하게 만들고 좋은 본보기가 되며, 찬사받을 만한 노력을 더욱 장려한다. 또한 칭찬을 통해 눈앞의 탁월함에 정중하고 섬세한 경의를 표할 수 있다. 하지만 일부 사람들은 정반대의 태도를 보인다. 그들은 비웃음을 섞은 말을 건네고, 자리에 없는 이를 깎아내림으로써 현재 함께 있는 이에게 아첨한다고 착각한다. 이러한 방식은 천박한 이들에게나 통할 뿐이다. 타인에 대한 험담을 늘어놓는 것이 얼마나 교활한 행위인지 그들은 깨닫지 못한다. 과거의 위대한 인물을 부정하고 현재의 보잘 것 없는 사람을 찬양하는 것은 위선자의 전형적인 책략이다.

지나치게 과장된 박수와 달콤한 아첨은 본질적으로 같은 맥락에서 비롯된다. 대화상대에 따라 말재주를 부리는 이들의 변덕에 자신의 가치를 맡기지 말라. 많은 이들은 이미 증명된 과거의 탁월한 업적들보다, 당대의 평범한 성취를 더 높이 평가하려 든다. 그러나 신중한 이는 이러한 말의 술수를 꿰뚫어 보고, 과장의 현혹에도, 아첨의 부추김에도 흔들리지 않는다. 양쪽은 서로 다른 방식으로 말할 뿐, 언제나 자신이 속한 자리와 청중에 맞추어 판단을 굽힐 뿐임을 알기 때문이다.

타인의 욕망을 활용하라

인간의 결핍이 깊을수록, 그 결핍을 공략할 지점은 더욱 명확해진다. 철학자들은 결핍이 실재하지 않는다고 논하는 반면, 정치가들은 결핍이야말로 세상을 움직이는 가장 강력한 원동력이라고 주장한다. 이 두 관점은 모두 일리가 있다. 많은 이들이 타인의 욕망을 디딤돌 삼아 자신의 목표를 달성한다. 이들은 기회를 포착하여, 욕망의 충족이 쉽지 않음을 강조함으로써 그 욕망을 한층 더 자극한다. 단순한 소유가 주는 안정감보다, 욕망이 가진 추진력이 훨씬 더 강력한 결과를 약속하기 때문이다.

욕망은 저항에 부딪힐수록 더욱 격렬해지는 속성이 있다. 따라서 욕망을 일정 부분 해소해 주되, 온전히 충족시키지는 않고 의존성을 유지시키는 것, 여기에 바로 가장 고도의 전략이 숨어 있다.

모든 일에서 위안을 찾아라

때로는 보잘 것 없는 존재조차도 긴 수명이라는 역설적인 보상을 받곤 한다. 세상에 아무런 대가 없는 고통은 없으니, 어리석은 자가 뜻밖의 행운을 얻고 미천한 자가 복을 받는다는 말은 결코 허언이 아니다. 가치가 적을수록 생명력이 질긴 법이다. 금이 간 유리는 좀처럼 깨지지 않고 끈질기게 존재하며 때론 사람을 괴롭히기까지 한다. 운명의 여신은 위대한 인물들의 생을 질투하여 단축시키는 대신, 무익한 존재들에게는 긴 수명을 허락함으로써 세상의 균형을 맞춘다. 무거운 짐을 진 자는 이내 슬픔에 잠기지만, 보잘 것 없는 자는 끝없이 삶을 이어간다. 한쪽이 겉으로 보이는 현상이라면, 다른 한쪽은 명백한 실상인 셈이다. 이들은 행운과 죽음, 그 어느 쪽에서도 철저히 소외되었다고 느끼며 그 끈질긴 생명을 지탱해 간다.

누군가 공손함으로
대가를 치르려 할 때는 받지 말라

이것은 일종의 속임수이기에 그렇다. 어떤 이들은 마법을 부리기 위해 굳이 테살리아♦의 마법 약초가 필요하지 않다. 겉치레뿐인 친절한 말 한마디로 어리석은 이들의 마음을 쉽게 사로잡는다. 그들은 마치 '우아함의 금고'라도 소유한 것처럼 진정성 없는 말이라는 공허한 약속으로 값을 치르곤 한다. 모든 것을 약속하는 행위는 사실 아무것도 약속하지 않는 것과 다름없으며, 이러한 약속은 어리석은 자들을 현혹하는 함정이다.

진정한 예의는 마땅한 도리를 다하는 데서 비롯되지만, 거짓되거나 실속 없는 예의는 곧 기만에 지나지 않는다. 이는 진정한 존중의 표현이 아니라, 오직 권력을 획득하기 위한 수단일 따름이다. 경의는 인격 그 자체보다 그가 가진 수단을 향하며, 찬사는 진정으로 인정받은 인품이 아닌 이득을 향해 쏟아지는 법이다.

♦ 고대 그리스의 북동부 지역으로, 고대 세계에서 이곳은 마법과 마녀의 본고장으로 유명했다.

192

마음의 평화가 곧 좋은 인생이다

진정으로 자신의 삶을 영위하려면, 타인의 삶에 지나치게 얽매이지 말라. 내면의 평화를 일구는 사람들은 단순히 시간을 보내는 것을 넘어, 자신의 삶을 주도적으로 이끌어간다. 귀 기울여 듣고, 깊이 관찰하며, 필요한 순간에는 침묵을 지키는 것이 현명하다. 다툼 없는 하루는 근심 없는 깊은 잠으로 이어진다. 이처럼 평온하고 즐거운 삶은 마치 두 번 사는 것과 같은 풍요로움을 선사하니, 이것이 바로 내면의 평화가 주는 진정한 열매다.

자신에게 의미 없는 일들을 가볍게 흘려보낼 줄 아는 이가 진정으로 모든 것을 소유한 자다. 모든 일을 마음속에 담아두는 것만큼 스스로를 괴롭히는 행위는 없다. 자신과 상관없는 일에 마음 쓰며 괴로워하는 것과, 정작 마음을 쏟아 중요하게 다뤄야 할 일을 외면하는 것은 모두 똑같이 어리석은 태도다.

193

남을 위하는 척하며
이득을 챙기는 자들을 조심하라

교활함에 대항할 수 있는 유일한 방책은 오직 예리한 관찰뿐이다. 그들이 겉으로 내세우는 말보다는, 그 이면에 숨겨진 진짜 의도에 집중해야 한다. 세상에는 타인을 교묘하게 조종하여 자신의 목적을 달성하는 데 능숙한 자들이 많다. 만약 당신이 그들의 진정한 동기를 꿰뚫어 볼 통찰력을 갖추지 못한다면, 그들은 당신을 앞세워 자신의 위험한 일을 처리하게 하고 결국 당신만 해를 입게 만들 것이다.

자신과 주변 상황을 있는 그대로 직시하라

특히 무언가를 시작할 때는 더욱 그러해야 한다. 인간은 본래 자신을 높게 평가하기 마련이며, 특히 내세울 것 없는 사람일수록 이러한 태도가 두드러진다. 사람들은 흔히 행운을 꿈꾸며 자신이 대단한 존재인 양 착각하곤 한다. 희망은 흔히 허황된 기대를 낳지만, 현실의 경험은 결코 그 기대를 충족시켜 주지 못한다. 이러한 헛된 망상은 진실한 현실과 부딪혀 깨어질 때, 고통스러운 좌절감과 괴로움의 근원이 될 뿐이다.

지혜로운 자는 이러한 오류를 미리 간파한다. 최선을 다하되 항상 최악의 상황을 염두에 두어라. 그래야 어떤 난관에 부딪히더라도 평온을 유지하며 받아들일 수 있다. 목표를 높게 설정하는 것은 좋지만, 실현 불가능할 정도로 과도하게 잡아 시작부터 일을 그르쳐서는 안 된다. 경험이 부족하면 기대치가 과도하게 높아지기 쉬우니, 반드시 현실적인 관점으로 생각을 바로잡아야 한다. 이러한 어리석음에 대처하는 가장 좋은 처방은 바로 신중함이다. 자신의 역량과 현재 위치를 정확히 파악하는 사람만이 이상과 현실 사이에서 균형을 찾아 조화를 이룰 수 있다.

사람의 가치를 알아볼 수 있어야 한다

누구에게나 배울 점은 반드시 있으며, 아무리 뛰어난 자라도 자기보다 더 뛰어난 이를 만나기 마련이다. 모든 사람으로부터 무언가를 이끌어 낼 줄 아는 것은 매우 유용한 지식이다.

지혜로운 자는 모든 사람을 소중히 여긴다. 그들은 타인의 장점을 발견할 줄 알며, 무언가 좋은 것을 만들어 내는 일이 얼마나 고된 것인지 잘 알기 때문이다. 반면 어리석은 자는 모든 사람을 깎아내린다. 그들은 상대의 좋은 점은 보지 못한 채, 오직 나쁜 점만 골라내어 비하한다.

196

자신을 이끄는 운명의 별을 알아보라

누구에게나 자신만의 운명의 별은 존재한다. 불운한 사람은 자신의 별이 어디에 있는지 알지 못한다. 어떤 이들은 별다른 노력 없이도 권력자의 총애를 받는데 그것은 운이 이미 그들을 편들고 있었기 때문이다. 그들이 해야 할 일은 그저 약간의 노력으로 그 운을 거들어 주는 것뿐이다. 어떤 이는 지혜로운 사람들에게 인정받고, 또 어떤 이는 특정 국가나 도시에서 유독 더 환영받기도 한다. 같은 자질을 가진 사람, 심지어 동일한 인물일지라도 어떤 직책이나 장소에 놓이느냐에 따라 행운의 크기는 달라지는 법이다.

운명은 제멋대로 카드를 섞는다. 그러므로 사람은 자신의 재능을 파악하는 것만큼이나 자신의 운을 알아야 한다. 이것이 곧 성공과 실패를 가르는 중요한 기준이 된다. 자신을 이끄는 별을 따르고, 그것을 도우라. 다른 별을 자신의 길잡이로 착각해서는 안 된다. 그렇지 않으면, 정작 진정한 목적지를 향해 나아가야 할 길에서 이웃한 별의 현란한 부름에 현혹되어 방향을 잃을 수 있다.

197

어리석은 자를 동반하지 말라

어리석은 자를 보고도 그의 어리석음을 인지하지 못한다면 스스로가 어리석은 것이요, 그의 어리석음을 알면서도 멀리하지 않는다면 더욱 큰 우를 범하는 것이다. 그들은 곁에 두기에 위험한 동반자이며, 비밀을 공유하기에는 파멸적인 상대이다. 설령 본인의 신중함이나 주변의 도움으로 한동안 별 것 없이 보일지라도, 결국 그동안 쌓아온 어리석음은 한순간에 터져 나와 큰 문제를 야기하고 만다. 자신의 신뢰조차 얻지 못한 자가 타인의 명성에 보탬이 될 리는 만무하다. 그들에게 닥치는 지독한 불운은 어리석음이 초래하는 마땅한 인과응보이다. 그들에게 유일하게 쓸모 있는 점이 있다면, 지혜로운 자에게는 아무런 도움이 되지 못하지만 '절대 저렇게 살아서는 안 된다'는 강력한 반면교사이자 '위험 경고판'으로서의 역할뿐이다.

198

가치를 알아보는 곳으로 옮겨 가라

자신의 가치를 제대로 인정받으려면 때로는 익숙한 터전을 떠날 용기가 필요하다. 특히 원대한 목표를 추구할 때 더욱 그러하다. 고향은 때때로 천재들에게 계모처럼 냉대한다. 시기심은 가장 가까운 곳에서 움트며, 사람들은 당신이 이룬 위대한 성취보다는 당신의 미미했던 시작을 더 생생하게 기억하기 마련이다. 먼 곳에서 온 평범한 물건조차 귀하게 대접받고, 낯선 땅에서 건너온 색유리가 다이아몬드보다 높이 평가되기도 한다. 미지의 곳에서 온 것은 본질적으로 존중받는 경향이 있다. 이는 그것이 지닌 신비로움과 함께, 이미 완성된 완벽함을 내포하고 있다는 인상 때문이다. 한때 마을 사람들에게 놀림 받던 인물이 이제 세계적인 명성을 얻어 존경받는 사례를 우리는 흔히 목격한다. 외국인들은 그가 먼 곳에서 왔기에 존경하고, 같은 나라 사람들은 그가 이제 멀리 떨어져 있기에 존경하는 역설이 발생한다.

정원 구석에 굴러다니던 평범한 나무토막이었을 때를 기억하는 사람은, 결코 제단 위에서 숭앙되는 그 나무 조각상을 진심으로 우러러보지 못할 것이다.

자리는 실력과 겸손으로 찾아라

진정한 존중을 얻는 길은 오직 능력에 있다. 여기에 꾸준한 노력이 뒷받침된다면, 그 목표에 이르는 길은 한결 가까워질 것이다. 그러나 단순히 정직함만으로는 충분치 않다. 그렇다고 자신의 능력을 과신하여 무턱대고 밀어붙이거나 강압적으로 자리를 차지하려는 태도는 오히려 스스로의 품격을 떨어뜨린다. 그런 방식으로 얻은 성과는 불명예를 안고 시작하며, 결국 개인의 명성을 훼손하게 된다. 가장 현명한 길은 중용에 있다.

자신의 자격만을 믿고 무작정 기다려도 안되며, 무리하게 나서는 것 또한 경계해야 한다.

항상 갈망할 무언가를 남겨두어라

모든 것이 충족된 완벽한 행복은 오히려 우리를 비참하게 만들 수 있다. 육체가 호흡을 필요로 하듯, 우리의 영혼은 끊임없이 더 높은 곳을 열망해야만 한다. 만약 세상 모든 것을 소유하게 된다면, 그 결과는 흔히 환멸과 불만뿐이다. 지식의 영역에서도 마찬가지다. 우리의 호기심을 자극하고 희망을 불태울 '미지의 영역'이 항상 남아있어야 한다.

지나친 행복은 치명적일 수 있다. 심지어 타인을 돕는 경우에도 상대방의 모든 욕구를 충족시키지 않는 것이 현명한 전략이 될 수 있다. 더 이상 갈구할 것이 남아 있지 않다면, 남는 것은 오직 두려움뿐이다. 이는 행복의 탈을 쓴 불행한 상태라 할 수 있다. 욕망이 소멸하는 순간, 공포는 고개를 드는 법이기 때문이다.

201

어리석어 보이는 자는 모두 어리석은 자들이며, 그렇게 보이지 않은 사람도 절반은 어리석다

어리석음은 세상의 탄생과 함께 시작되었고, 인간의 지혜마저 신의 관점에서는 한낱 어리석음에 불과할 따름이다. 그러나 가장 큰 어리석음은 바로 '나는 어리석지 않고, 다른 모든 이들이 어리석다'고 생각하는 자에게서 발현된다.

진정한 지혜를 얻으려면 단순히 지혜로워 보이는 것만으로는 부족하며, 특히 스스로 그러하다고 확신하는 것이 가장 위험한 착각이다. 참된 지식인은 '자신이 모든 것을 알지 못함'을 아는 자이며, 반대로 무지한 자는 타인이 자신의 한계를 꿰뚫어 보고 있음을 인지하지 못하는 법이다. 세상이 어리석은 자들로 가득 차 있음에도 불구하고, 자신이 어리석다고 여기거나 최소한 의심하는 이도 거의 찾아보기 어렵다.

말과 행동이 합쳐져야
인격이 완성된다

뛰어난 언변은 지성에서 발현되고, 명예로운 행동은 마음의 고결함에서 시작된다. 이 둘은 모두 영혼의 고귀함이라는 동일한 근원에서 비롯된다. 말은 행동의 그림자에 불과하다. 말은 섬세하고 유연하지만, 행동은 강인하고 구체적인 실체를 가진다. 그저 말로만 자신을 과시하는 사람이 되기보다, 진정으로 명성을 쌓는 사람이 되는 것이 훨씬 중요하다.

말하는 것은 쉽지만, 행동으로 옮기기는 어렵다. 행동은 삶의 본질을 이루고, 말은 그저 겉을 꾸미는 역할에 불과하다. 탁월한 행적은 오래도록 기억되지만, 화려한 언변은 이내 잊힌다. 궁극적으로 행동은 생각의 결실이며, 그 생각이 지혜로울 때 비로소 행동은 진정한 힘을 발휘한다.

시대의 진정한 거인을 알아보는
혜안을 가져라

당신이 살아가는 시대에 진정한 거인은 결코 많지 않다. 온 세상을 통틀어 불사조가 단 한 마리뿐이듯, 한 세기에 걸쳐 위대한 장군이나 완벽한 웅변가, 진정한 철학자는 손에 꼽을 정도로 드물다. 수세기에 걸쳐 위대한 왕은 단 한 명만이 역사에 이름을 남길 뿐이다. 반면 평범한 이들은 헤아릴 수 없이 많지만, 그들의 가치는 지극히 미미하다.

압도적인 위대함은 모든 면에서 완벽함을 요구하기에, 어떤 분야에서든 극히 드물게 나타난다. 특히 수준이 높은 분야일수록 그 정점에 도달하기는 더욱 어렵다. 카이사르나 알렉산더처럼 많은 이들이 '대왕'이라는 칭호를 탐했지만, 위대한 행동이 뒷받침되지 않는 칭호는 한낱 공허한 수식어에 불과하다. 역사에 길이 기록될 세네카와 같은 인물은 드물고, 아펠레스♦는 오직 한 명뿐이었음을 기억해야 한다.

♦ 기원전 4세기 고대 그리스의 알렉산더 대왕이 무척 아꼈던 전속 화가

204

쉬운 일은 신중히,
어려운 일은 대담하게 다루라

이는 쉬운 과제 앞에서 자만심이 피어나지 않도록 하고, 어려운 도전 앞에서 지레 겁먹지 않도록 하기 위함이다. 업무의 실패는 흔히 '이미 다 된 일'이라는 안일한 생각에서 비롯되기 마련이다. 반대로 꾸준한 노력은 불가능해 보이는 난관조차 극복하게 만드는 힘이 있다. 크고 복잡한 일을 마주했을 때는 지나치게 깊이 고민하여 압도당하지 말라.

시작하기도 전에 모든 어려움을 미리 헤아리려 하면, 오히려 깊은 절망감에 사로잡히기 쉽다.

무관심이라는 지혜로운 전략을 구사하라

원하는 것을 얻는 기발한 방법 중 하나는 오히려 그것에 대해 무관심한 척하는 것이다. 세상의 이치는 그림자와 같아서, 쫓아가면 멀어지고 외면하면 따라오는 법이다. 또한 무시야말로 가장 정교한 형태의 복수이기도 하다. 지혜로운 자는 결코 글로 자신을 변호하지 않는다는 암묵적인 규칙이 있다. 그러한 방어는 언제나 논쟁의 흔적을 남기며, 상대를 벌하기보다 오히려 그 존재감을 부각시키기 때문이다. 무능한 자는 위대한 사람과 싸우는 척함으로써 자신이 같은 무대에 서 있는 것처럼 보이려 한다. 만약 뛰어난 상대가 그들을 상대해 주지 않았다면 이름조차 알려지지 않았을 자들이 얼마나 많은가. 망각보다 더 혹독한 복수는 없다. 망각은 그들을 보잘것없음이라는 먼지 속에 완전히 묻어버린다. 대담함을 가장한 사람들은 위대한 것을 무너뜨리면 그것만으로 이름을 남길 수 있다고 착각한다. 하지만 추문에 대응하는 가장 현명한 태도는 신경 쓰지 않는 것이다. 그러한 추문과 맞서 싸우는 것은 오히려 자신에게 해가 된다. 설령 이긴다 할지라도 명성에는 얼룩이 남게 되고, 상대에게는 만족감만 줄 뿐이다. 이 작은 얼룩의 그림자는 명성을 완전히 소멸시키지는 못하더라도 그 빛을 흐리게 만든다.

천박한 인간은 어디에나 있음을 인지하라

고대 그리스의 화려한 도시 코린트에서도, 심지어 가장 고귀한 가문 안에서도 천박함은 숨 쉬고 있다. 누구나 자신의 삶 속에서도 이러한 본성을 목격할 수 있을 것이다. 하지만 더욱 경계해야 할 것은 그 천박함에 맞서려다가 스스로도 그들과 똑같이 저속해지는 것이다. 이는 원래의 천박함보다 훨씬 더 해로운 결과를 초래한다. 이러한 부류의 사람들은 깨진 유리 조각처럼 천박함의 모든 특성을 공유하면서도, 훨씬 더 파괴적이다. 그들은 어리석은 말을 서슴없이 내뱉고, 무례하게 남을 비난하며, 무지의 신봉자이자 어리석은 자들의 후원자이며, 추문을 조장하는 데 능숙하다. 그들이 무엇을 말하든 신경 쓸 필요가 없으며, 그들이 무슨 생각을 하든 더더욱 신경 쓸 바가 아니다. 천박함을 인지하는 것은 그것을 회피하기 위함이지, 맞서 싸우기 위함이 아니다. 이러한 저속함이 타인의 것이든, 혹은 자기 내면에 자리 잡고 있든 마찬가지다.

모든 어리석음은 천박함의 한 형태이며, 천박한 자들은 결국 모두 어리석은 존재들로 이루어져 있기 때문이다.

절제할 줄 알아라

항상 최악의 상황을 고려하라. 격정적인 충동은 신중함을 무너뜨리고, 결국 파멸의 위험을 초래한다. 오랜 시간 쌓아온 평정을 집어삼킬 수 있으며, 찰나의 일탈이 평생의 오점으로 남기도 한다. 교활한 이들은 상대방이 감정에 휩싸이는 순간을 포착하여 내면의 약점을 파고든다. 그들은 당신의 절제력을 시험하기 위해 고의적인 자극을 가하기도 한다. 이때 감정을 절제하는 것은 상대의 술수를 무력화하는 가장 강력한 방패가 된다. 격정이 고삐 풀린 말처럼 날뛰지 않도록 하려면 깊은 숙고가 필수적이다. 격동하는 상황 속에서도 평정심을 잃지 않는 자가 진정으로 현명한 사람이다. 닥쳐올 위험을 미리 간파하는 이는 신중하게 자신의 길을 헤쳐 나갈 수 있다.

말하는 이에게는 스쳐 지나가는 한마디일지라도, 듣는 이에게는 깊은 울림이나 상처로 남을 수 있음을 결코 잊지 말라.

208

바보들의 병에 죽지 말라

지혜로운 자는 이성을 잃은 뒤에야 죽지만, 바보는 이성을 찾기도 전에 죽는다. '바보들의 병'으로 죽는다는 것은 너무 많은 생각 때문에 심신이 병드는 것을 의미한다. 어떤 이들은 너무 많이 생각하고 너무 깊이 느끼기에 죽어가고, 어떤 이들은 아무 생각도 느낌도 없기에 오히려 삶을 이어간다. 고통을 인지하지 못하여 생존하는 자들 역시 어리석은 부류이지만, 그 고통 때문에 스스로를 파멸로 이끄는 자들 또한 마찬가지다. 너무 많은 것을 알기에 병드는 이도 있고, 너무 무지하기에 병드는 이도 있다. 수많은 사람이 어리석은 채로 죽음을 맞이하지만, 죽는 순간까지 끝내 어리석음을 깨닫지 못하는 이는 거의 없다.

209

보편적인 어리석음으로부터
자신을 지켜라

이것은 고도의 전략이다. 대중적인 어리석음은 강력한 힘을 가져서, 개인적인 유혹에는 흔들리지 않는 사람조차 이 보편적인 함정에는 빠지기 쉽다. 이 부류에 속하는 대표적인 편견이 하나 있다. 사람은 아무리 큰 재산을 가졌어도 늘 부족하다고 느끼면서, 정작 자신의 지적 수준이 아무리 부족해도 거기에 대해서는 불만을 갖지 않는다는 생각이다. 사람들은 자기 처지에는 불만을 품으면서 남의 삶을 부러워하고, 과거를 찬양하며 먼 곳에 있는 것만을 가치 있게 여긴다. 모든 것을 비웃는 사람이나 모든 일에 울기만 하는 사람이나 어리석기는 마찬가지다.

210

진실을 현명하게 전하는 기술을 배우라

진실을 말하는 것은 종종 위험을 수반하지만, 선량한 사람이라면 이를 외면할 수 없다. 이때 고도의 기술이 요구된다. 영혼을 치유하는 능숙한 의사들이 진실이라는 쓰디쓴 약을 달콤하게 포장하는 데 공을 들이듯이, 허상을 깨뜨리는 진실은 그 자체로 쓰디쓴 고통을 내포하기 때문이다. 바로 이런 상황에서 세련된 매너가 빛을 발한다. 같은 진실일지라도, 전달 방식에 따라 어떤 이에게는 찬사가 되고 또 다른 이에게는 치명적인 상처가 될 수 있다. 오늘 겪은 어렵고 골치 아픈 일들을 마치 오랜 과거의 남 이야기처럼 담담하고 객관적으로 이야기하라. 현명한 사람에게는 한마디의 언어로도 충분하며, 만약 그 한마디로 뜻이 전달되지 않는다면 차라리 침묵하는 것이 나을 수 있다.

권력을 가진 이에게는 쓰디쓴 약을 날것 그대로 삼키게 해서는 안 되며, 그들이 느낄 환멸을 달래주기 위해 금박을 입힌 알약을 처방해야 한다.

천국에는 모든 것이 기쁨이요,
지옥에는 모든 것이 고통뿐이다

　　우리가 사는 이 땅은 그 중간에 있기에 축복과 고통을 모두 나누어 가진다. 운명은 늘 변하는 법이어서, 모든 것이 행운일 수도, 모든 것이 불행일 수도 없다. 이 세상 자체는 그저 '무(無)'와 같다. 그 자체로는 아무런 가치가 없지만, 그 앞에 '천국'이 놓일 때 비로소 큰 의미를 갖게 된다. 그러니 세상의 부침에 무심해지는 것이 현명하며, 지혜로운 자에게 새삼스러울 것도 없다.

　　인생은 진행될수록 희극처럼 복잡해지지만, 그 갈등은 점차 해결되기 마련이다. 그러니 연극의 막이 내릴 때, 멋진 결말을 맞이하도록 하라.

마지막 핵심은
오직 자신만을 위해 아껴두라

이는 제자들을 가르치면서도 늘 스승으로서의 위엄을 잃지 않았던 거장들의 지혜가 담긴 격언이다. 진정한 거장은 항상 궁극의 경지에 머물러야 하며, 가르치는 과정조차 하나의 예술처럼 연출할 줄 알아야 한다. 자신의 지식의 근원을 전부 드러내지 말라. 이는 마치 베푸는 이의 손길이 어디서 오는지 완전히 알리지 않는 것과 같다. 이러한 절제는 타인의 존경심을 유지시키고, 그들로 하여금 당신에게 지속적으로 의지하게 만든다.

누군가를 감동시키거나 가르칠 때 이 원칙을 지키라. 상대방이 항상 다음을 기대하게 만들고, 당신의 역량에 한계가 없음을 암시하라. 이처럼 '여지를 남겨두는 것'은 삶과 성공을 위한 위대한 법칙이며, 특히 높은 지위에 있는 이들에게는 더욱 필수적인 태도다.

213

반박하는 법을 익혀라

이는 자신은 당황하지 않으면서 상대를 당황하게 만들어 정보를 알아내는 최고의 수단이다. 진정한 '고문 도구'와 같은 이 기술은 상대의 감정을 자극한다. 은근한 불신을 보이는 것은 상대가 비밀을 토해내게 만드는 구토제와 같은 역할을 한다. 닫혀 있는 마음의 빗장을 여는 열쇠이며, 상대의 의지와 지성을 동시에 시험하는 교묘한 방법이다.

상대의 알듯 모를 듯 내뱉는 말에 대해 슬쩍 깎아내리는 태도를 취해보라. 그러면 그들은 가장 깊숙한 비밀을 흘리고 만다. 달콤한 미끼를 던져 그들의 말이 혀끝까지 올라오게 만들고, 약삭빠르게 쳐놓은 그물에 걸려들게 하라. 당신이 무관심한 척하면 상대는 오히려 경계심을 풀고 속마음을 드러내게 된다. 조심스레 의심하는 척하는 것은 닫힌 마음을 여는 섬세한 열쇠다. 배움에 있어서도 제자가 스승의 말에 슬쩍 반박을 표하면, 스승은 진실을 더 철저하고 힘 있게 설명하려 애쓰게 된다. 즉 적절한 반박이 완벽한 가르침을 끌어내는 법이다.

하나의 실수를 만회하려다
두 번째 실수를 저지르지 말라

단 하나의 실수를 만회하려다 오히려 두 번째 실수를 저지르지 않도록 경계하라. 하나의 잘못을 수습하기 위해 많은 또 다른 실수를 범하거나, 한 번의 무례함을 변명하기 위해 또 다른 무례함을 동원하는 일은 흔히 목격된다. 이는 어리석음이 거짓과 같은 뿌리를 가지므로, 단 하나의 어리석음을 유지하기 위해서도 수많은 거짓이 필요하기 때문이다. 나쁜 상황에서 가장 최악의 대처는 그 상황과 끝까지 맞서 싸우는 것이며, 불행 그 자체보다 더 나쁜 것은 그 불행을 감추지 못해 전전긍긍하는 모습이다. 하나의 실수를 계속 붙들고 있는 태도는 결국 더 많은 실패를 불러올 뿐이다.

지혜로운 이도 실수를 할 수 있지만, 결코 그것을 두 번 반복하지는 않는다. 그들의 실수는 목표를 향해 나아가는 과정에서 생기는 일시적인 미끄러짐일 뿐, 아무것도 하지 않은 채 저지르는 어리석음과는 다르다.

215

전략적 후퇴의 함정을
꿰뚫어 보라

상대를 공격하기 전 경계를 허물게 만드는 것은 능수능란한 이들의 전형적인 술수이다. 그들은 '패배를 가장한 승리'라는 역설적인 전략을 택한다. 즉, 자신의 진정한 욕망을 교묘히 감추어 결국 목적을 달성하는 것이다. 마지막 승기를 잡기 위해, 그들은 기꺼이 자신을 부차적인 위치에 놓곤 한다. 이러한 술책은 상대방이 이를 간파하지 못하는 한 거의 실패하는 법이 없다. 그러므로 상대의 의도가 저토록 예리하게 살아 있다면, 당신의 경계심 또한 절대 무뎌져서는 안 된다. 만약 상대방이 자신의 본래 계획을 은폐하기 위해 전략적으로 뒤로 물러선다면, 당신은 오히려 전면에 나서 그들의 숨은 의중을 날카롭게 간파해야 한다.

신중한 사람은 상대가 내세우는 명분과 그 이면에 감춰진 간계를 능히 알아차린다. 그는 한 가지 목표를 겨냥하는 척하면서 실제로는 다른 목적을 노리고, 결정적인 순간 재빨리 돌아서서 진짜 목표물을 정조준한다. 당신은 자신이 그에게 무엇을 허용하고 있는지 똑똑히 인지해야 한다. 그리고 때로는, 당신이 이미 그의 모든 술책을 꿰뚫어 보고 있다는 사실을 그에게 명확히 인지시킬 필요가 있다.

216

명확한 표현의 기술을 터득하라

표현력은 단순히 생각의 명료함을 넘어, 그것에 생동감을 불어넣는 능력이다. 어떤 이들은 빠르게 이해하는 재주는 뛰어나지만, 자신의 생각을 밖으로 명확히 표현하는 데 어려움을 겪는다. 명료한 표현이 없다면, 마음속에 맴도는 생각과 판단은 세상에 제대로 전달될 수 없다. 많은 이들이 사고의 폭은 넓지만, 이를 적절히 배출하는 통로가 좁은 한계를 지닌다. 반대로 생각한 것 이상을 과장하거나 불필요하게 늘어놓는 이들도 있다. 의지에 결단력이 필수적이듯이, 생각에는 이를 뒷받침하는 표현력이 중요하다. 이 둘은 모두 위대한 재능에 속한다. 설득력 있게 표현된 사유는 타인의 공감을 얻는다. 때로는 모호하고 혼란스러운 생각들이 단지 난해하다는 이유만으로 숭앙받기도 하고, 저속함을 피하려 할 때는 모호함이 유용하게 쓰이기도 한다. 하지만 정작 말하는 이조차 자신이 전하고자 하는 바에 명확한 관념을 담지 못한다면, 듣는 이가 어떻게 이를 제대로 이해할 수 있겠는가?

217

영원히 사랑하지도,
영원히 미워하지도 말라

오늘의 친구가 내일 가장 지독한 적이 될 수 있음을 항상 염두에 두고 사람들을 대해야 한다. 이는 현실에서 흔히 발생하는 일이니, 늘 경계심을 늦추지 말고 미리 대비해야 한다. 우정의 관계에서 벗어난 이들이 훗날 당신을 공격할 무기가 될 만한 정보를 그들의 손에 쥐여 주는 우를 범하지 말라. 반대로 적들에게는 언제든 화해의 문을 열어두는 것이 현명하다. 만약 그 문이 관용을 베푸는 태도로 열린다면, 그것이 당신 자신에게는 더 큰 안전을 보장할 것이다.

오랜 복수는 때로 현재의 고통이 되어 돌아오며, 타인에게 가한 악행에서 비롯된 일시적인 기쁨은 결국 더 큰 슬픔으로 귀결되기 마련이다.

218

고집 아닌 지혜로 행동하라

모든 맹목적인 고집은 정신을 병들게 하는 암과 같으며, 격한 감정에 휘둘린 결과이다. 세상에는 모든 상황을 전쟁처럼 대하는 이들이 있는데, 이들은 인간관계의 진정한 파괴자다. 이들에게 모든 일은 오직 승리로 귀결되어야 하며, 타인과 평화롭게 공존하는 법을 알지 못한다. 이러한 부류의 사람들이 권력을 쥐고 지배하게 되면 상황은 치명적으로 변한다. 그들은 통치를 갈등과 반목의 장으로 만들고, 마땅히 포용해야 할 이들마저 적으로 돌려세운다. 그들은 모든 일을 책략으로 해결하려 하며, 이를 자신의 탁월한 역량으로 포장한다. 그러나 타인들이 그들의 비뚤어진 기질을 알아차리는 순간, 모두가 그들에게 등을 돌리고 그들의 허망한 계획을 무너뜨리는 법을 배우게 된다. 결국 그들은 아무것도 이루지 못한 채 고통의 더미만 쌓을 뿐이며, 모든 상황은 그들의 실망감만 키울 따름이다. 그들은 뒤틀린 사고와 부패한 마음을 지닌 이들이다. 이러한 부류의 인물들에게는 어떠한 대응도 무용지물이며, 오직 그들로부터 멀리 벗어나는 것만이 유일한 해법이다. 설령 그곳이 지구 반대편이라 할지라도 마다할 일이 아니다. 그곳의 거친 환경이 그들의 혐오스러운 본성을 감내하는 것보다 훨씬 나은 선택일 것이기 때문이다.

위선이 아닌 신중함의 지혜를 택하라

오늘날 위선적인 태도가 세상에서 필수적인 것처럼 여겨질지라도, 당신은 그러한 위선자로 비치지 않도록 경계하라. 교활함으로 자신을 꾸미기보다는 차라리 신중한 사람이 되는 길을 택하라. 진실하고 정직한 태도는 모두에게 환영받지만, 정작 자신의 삶에서 이를 온전히 실천하는 이는 드물다. 진실함이 어리석음으로 오해되거나, 영특함이 교활함으로 변질되는 일은 없어야 한다. 간교함 때문에 타인에게 두려움의 대상이 되기보다는, 지혜로움으로 인해 존경받는 인물이 되도록 노력하라. 마음이 열린 사람들은 사랑받지만, 동시에 쉽게 기만당할 수도 있다. 위대한 역량은 기만적인 술책들을 간파하고 폭로하는 데 있다.

순수함이 꽃피웠던 황금시대와는 달리, 이 철의 시대◆에는 교활함이 만연하고 있다. 자신이 해야 할 일을 정확히 아는 사람이라는 평판은 명예롭고 깊은 신뢰를 안겨주지만, 위선자로 낙인찍히는 것은 기만적일 뿐 아니라 깊은 불신을 자아낼 따름이다.

◆ 고대 그리스의 서사시인 헤시오도스가 나눈 인간의 다섯 시대 중 마지막 철의 시대, 즉 현재를 의미함

220

사자의 가죽을 입을 수 없다면
여우의 가죽을 써라

시대의 흐름을 통찰하고 따르는 자가 결국 그 시대를 선도하게 된다. 원하는 바를 쟁취한 자는 결코 명예를 훼손하지 않는다. 강한 힘만으로는 해결할 수 없는 상황에서는 기민한 지략이 필수적이다. 용맹이라는 정공법이든, 때로는 교활함이라는 우회적인 방법이든, 목적 달성을 위한 수단 자체는 중요치 않다. 실제로 기술적인 숙련도가 물리적인 힘보다 더 큰 성과를 이루어 내며, 영리함이 무모한 용기를 압도하는 경우가 그 반대보다 훨씬 많다. 그러나 이마저도 여의치 않아 끝내 원하는 바를 얻을 수 없다면, 바로 그때가 그것에 대한 미련을 버리고 초월해야 할 시점이다.

자신과 타인에게
당혹감을 자초하지 말라

자신은 물론 타인의 예의까지 해치는 걸림돌 같은 존재들이 있다. 그들은 언제나 어리석은 행위를 저지르기 직전의 상태로 살아간다. 이러한 사람들은 만나기는 쉬워도 관계를 끊기는 몹시 어렵다. 하루에도 수없이 타인을 불편하게 만들지만, 그들에게는 아무렇지 않은 일이다. 그들의 본성은 모든 것에 반항하고 반대하며 타인의 심기를 끊임없이 거스른다. 그들은 판단의 기준을 거꾸로 세워 모든 것을 비난한다. 하지만 타인의 인내심과 신중함을 시험하는 가장 최악의 부류는, 정작 자신은 어떠한 선행도 베풀지 않으면서 남에 대한 악담만을 늘어놓는 자들이다. 이처럼 무례함이 만연한 넓은 세상에는 참으로 많은 문제적 인물들이 존재한다.

222

절제는 신중함의 증거이다

혀는 거친 짐승과 같아서, 한번 풀어놓으면 다시 묶기가 매우 어렵다. 말은 영혼의 맥박과도 같아서, 현명한 이는 이 맥박을 통해 영혼의 건강 상태를 가늠한다. 신중한 관찰자는 이 맥박의 움직임을 면밀히 살피며 마음의 모든 기미를 읽어낸다. 가장 안타까운 사실은, 가장 절제해야 할 사람이 오히려 가장 말이 많다는 점이다.

현명한 이는 스스로를 절제함으로써 불필요한 걱정이나 난처한 상황으로부터 자신을 보호하고, 뛰어난 자기 통제력을 입증한다. 그는 공정함을 위해 로마 신화의 야누스처럼 양면을 살피고, 경계심을 늦추지 않기 위해 그리스 신화의 아르고스처럼 백 개의 눈으로 신중하게 길을 걷는다. 진실로 모모스♦는, 가슴의 속내보다 손이 하는 일을 보려 했을 것이다.

♦ 그리스 로마 신화에서 비난, 불평, 조롱의 신

기괴한 행동으로 시선을 끌려 하지 말라

고의적인 것이든 부주의에서 비롯된 것이든, 기괴한 행동은 삼가야 한다. 많은 이들이 자신만의 특별하고 개성 있는 자질을 지녔다고 착각하며 기이한 행동을 일삼곤 한다. 그러나 이러한 기행은 탁월한 차별점이 되기보다는, 오히려 정신적인 결함에 가깝다. 어떤 이들이 외모의 추함으로 기억되듯이, 이러한 자들은 겉으로 드러나는 불쾌한 행동으로만 인식될 따름이다. 그들이 보이는 기이함은 한낱 저급하고 특이한 상표에 불과하며, 궁극적으로 타인의 조롱을 사거나 적개심을 불러일으킬 뿐이다.

224

세상사의 결을 읽고 긍정적인 면을 보라

그 어떤 일이 닥치더라도 사물의 본질을 거스르거나 부정적으로만 치우쳐 해석하지 말라. 모든 일에는 매끄러운 겉면과 거친 이면이 존재하기 마련이다. 아무리 날카로운 무기라도 잘못 잡으면 손을 다치지만, 적이 던진 창조차 자루를 잡으면 당신을 지키는 견고한 방패가 될 수 있다. 많은 일이 고통을 수반하더라도, 그 이면의 긍정적인 면모를 발견한다면 오히려 기쁨의 원천이 될 수도 있다. 모든 것에는 유리한 면과 불리한 면이 있으며, 진정한 지혜는 바로 그 유리한 측면을 찾아내는 기술에 있다. 같은 상황이라도 어떤 관점에서 보느냐에 따라 전혀 다르게 다가온다. 그러니 항상 사물의 가장 좋은 면을 바라보고, 선한 의도를 악의적으로 왜곡하지 말라. 누군가는 모든 일에서 기쁨을 발견하고, 누군가는 슬픔만을 찾아내는 이유가 바로 여기에 있다. 이러한 통찰은 가혹한 운명이 드리울 때 당신을 보호해 줄 거대한 방패가 되어 줄 것이며, 모든 시대와 상황에 적용되는 삶의 중요한 원칙이다.

자신의 가장 큰 결점이 무엇인지 알아야 한다

누구에게나 자신이 가진 가장 뛰어난 장점 뒤에는 그에 버금가는 중대한 결점이 있기 마련이다. 만일 이 결점을 욕망이 먹고 자라도록 방치한다면, 그것은 결국 당신을 지배하는 폭군이 될 것이다. 신중함을 우군으로 삼아 그 결점과 전쟁을 시작하라.

가장 먼저 해야 할 일은 그 결점을 세상에 공표하는 것, 즉 자기 고백이다. 악은 일단 그 정체가 드러나면 곧 정복되기 마련이며, 특히 본인이 타인의 시선으로 자신의 문제를 바라보기 시작할 때 더욱 그러하다. 자기 자신을 다스리는 진정한 주인이 되려면 먼저 자기 자신을 명확히 알아야 한다. 만약 당신의 가장 큰 결점이 극복다면, 나머지 사소한 문제들은 자연히 해결될 것이다.

진심 어린 친절을 베풀어라

사람들은 종종 자신의 본성보다는 처한 상황에 따라 말하고 행동하기 마련이다. 타인에 대한 부정적인 평가는 쉽게 설득력을 얻곤 하는데, 이는 악담이 터무니없을지라도 쉽게 받아들여지는 경향이 있기 때문이다. 우리가 지닌 최고의 가치들마저 종종 타인의 평가에 의해 좌우되곤 한다. 어떤 이들은 단순히 자신이 옳다는 사실에만 만족하지만, 그것만으로는 충분치 않다. 옳은 것은 실제로 행할 때 비로소 그 힘을 온전히 발휘하며, 타인에게 베푸는 친절은 큰 부담 없이도 실로 다양한 이점을 선사한다. 따뜻한 말 한마디로 타인의 행동을 움직일 수도 있다.

이 세상이라는 거대한 공간에서, 아무리 보잘 것 없어 보이는 구석진 자리라도 언젠가는 반드시 필요하게 되는 순간이 온다. 하지만 사람들은 그 자리의 진정한 가치를 보기보다, 오로지 그 순간 자기 기분과 형편에 따라 그 가치를 멋대로 판단해 버리곤 한다.

첫인상의 섣부른 판단은 금물이다

어떤 이들은 자신이 처음 들은 이야기에 집착하여 마치 본처처럼 소중히 여기며, 그 이후에 듣는 모든 진실은 첩처럼 소홀히 대한다. 하지만 거짓은 발이 빨라서, 진실이 머물 자리를 먼저 선점하기 마련이다. 우리는 첫 번째 대상에 모든 의지를 소진해서도 안 되며, 첫 번째 제안에 마음을 완전히 열어주어서도 안 된다. 이는 매우 경솔한 태도다. 많은 이들이 새 술통과 같아서, 처음 담긴 술이 좋든 나쁘든 그 냄새를 끝까지 간직한다. 이러한 경솔함이 타인에게 알려지면 치명적인 약점이 될 수 있다. 교활한 자들이 그 틈에 당신의 마음을 자기들의 의도대로 물들이려 하기 때문이다. 그러므로 언제나 두 번째, 세 번째 들려올 이야기를 위한 여지를 남겨두라. 알렉산더 대왕 역시 언제나 한쪽 귀는 반대편의 주장을 듣기 위해 비워두었다고 한다. 정보가 담긴 소식지의 두 번째, 심지어 세 번째 판이 나올 때까지 기다릴 줄 알아야 한다. 첫인상의 노예가 되는 것은 판단 능력이 부족하다는 증거이며, 감정에 지배당하는 것과 다름없다.

남의 험담을 늘어놓는 자가 되지 말라

그러한 행동으로 낙인찍히는 것은 결국 비방꾼으로 간주된다는 뜻이기에 더욱 경계해야 한다. 타인을 깎아내림으로써 자신의 재치를 뽐내려 하지 말라. 이는 쉽지만, 결국 주변의 미움만을 살 뿐이다. 사람들은 그러한 자에게 똑같은 악담을 퍼부어 보복하려 들 것이다.

비난을 하는 자는 혼자이지만 그 비난을 받는 이들과 그것을 지켜보는 이들은 수없이 많으니 그 많은 이들을 자신의 편으로 만들기 전에 먼저 지쳐 쓰러지고 말 것이다. 타인의 불행이나 악은 결코 우리의 즐거움이 되어서는 안 되며, 대화의 주제로 삼아서도 안 된다. 뒷담화를 일삼는 자는 늘 사람들의 미움을 받는다. 만약 권력자가 험담하기 좋아하는 자를 곁에 둔다면, 이는 그 뒷담화 자체를 즐겨서가 아니다. 단지 그자가 가진 민감한 관찰력을 이용하여 정보를 얻으려 할 뿐이다. 결국 남에 대해 나쁘게 말하는 자는 자신에게 그보다 더한 악담이 돌아오게 마련이다.

229

인생을 운명에 맡기지 말고,
신중함과 예견하는 지혜로 설계하라

다양한 지식은 우리에게 풍요로운 즐거움을 선사한다. 인생의 첫 번째 여정은 죽은 자들과의 대화를 통해 보내야 한다. 우리는 진리를 탐구하고, 궁극적으로 자기 자신을 이해하기 위해 세상에 태어났다. 그러므로 진정한 책들은 우리를 진정한 인간으로 이끌어 준다.

두 번째 여정은 산 자들과 함께하며 세상에 존재하는 모든 선한 가치를 발견하는 데 할애하라. 모든 훌륭한 것이 특정한 곳에만 국한되지 않는다. 만물의 창조주는 은총을 고르게 나누어 주셨으며, 때로는 겉모습이 보잘것없는 자에게도 가장 풍성한 재능을 부여하셨다. 세 번째 여정은 온전히 자기 자신만을 위해 사용하라. 인생의 궁극적인 행복은 스스로 삶의 철학자가 되는 데 있다.

제때에 통찰력을 발휘하라

본다고 해서 모두가 진정으로 눈을 뜬 것은 아니며, 그저 바라본다고 해서 모두가 사태의 본질을 꿰뚫어 보는 것도 아니다. 일이 모두 벌어진 뒤에야 뒤늦게 깨닫는 것은 문제 해결에 도움을 주기보다는 오히려 근심만 더할 따름이다. 어떤 이들은 더 이상 수습할 것이 남아있지 않을 때가 되어서야 비로소 눈을 뜨기 시작한다. 그들은 미처 정신을 차리기도 전에 자신의 삶이 무너져 내리는 소리를 듣게 된다. 굳은 의지가 없는 자에게 분별력을 심어주기는 어렵고, 분별력이 없는 자에게 활력을 불어넣기는 더욱 어려운 법이다. 그러한 무지한 사람들 주변에는 그들을 술래잡기하듯 농락하며 조롱거리로 삼는 이들이 존재한다. 정작 본인은 이러한 조롱조차 듣지 못하니 스스로 눈을 뜨고 세상을 보려 하지도 않는다. 때로는 상대의 이러한 무감각함을 부추겨 자신의 이득을 취하며 기생하는 자들도 있다. 만약 기수가 눈이 멀었다면, 그가 이끄는 말은 참으로 불행하여 결코 윤기 나는 털을 가진 건강한 모습으로 나아갈 수 없을 것이다.

완성되기 전엔 결코 드러내지 말라

미완성된 결과물을 성급히 드러내지 말라. 모든 것은 오직 완성의 단계에 이르렀을 때 비로소 온전한 가치를 지니고 진정한 만족을 선사한다. 모든 시작은 본래 미숙하고 거칠기 마련이며, 그 불완전한 모습은 보는 이의 기억 속에 깊이 각인된다. 이러한 미완의 인상은 훗날 작품이 완성되었을 때 우리가 온전히 누려야 할 감상의 즐거움을 저해하기 쉽다.

위대한 결과물은 한 번에 감상하게 하라. 거대한 성취를 한 입에 음미하게 하면, 세부적인 판단은 잠시 흐려질지라도 전체적인 풍미와 감동은 깊이 남을 수 있다. 어떤 존재도 완벽한 상태가 되기 전까지는 본래의 가치를 지닌다고 할 수 없으며, 미완성된 과정 중에 있는 것 또한 아직은 '없음'에 가깝다. 맛있는 음식도 그 조리 과정을 속속들이 들여다보면 식욕이 돋기보다는 오히려 거부감을 느낄 수 있다. 그러므로 진정한 장인은 자신의 작품이 초기 단계에 있을 때 결코 타인에게 보여주지 않도록 신중을 기해야 한다. 이러한 지혜를 자연으로부터 배울 수 있다.

자연은 그 아이가 온전히 성장하고 아름다운 모습을 갖출 때까지 결코 성급하게 세상에 내놓지 않는다.

232

장사꾼의 기질을 갖춰라

삶을 추상적인 사유만으로 채우지 말고, 반드시 행동이 뒤따르도록 하라. 지나치게 고고한 이상주의자들은 대개 현실에서 쉽게 속기 마련이다. 그들은 심오한 지식은 갖추고 있으나, 삶에 훨씬 더 절실한 '일상의 실질적인 원리'를 간과하기 때문이다. 고상한 것만을 좇느라 정작 현실적인 문제들을 살필 겨를이 없으니, 기본적인 세상 이치마저 알지 못하여 세인에게 경멸받거나 조롱거리가 되기도 한다. 그러므로 현명한 자여, 장사꾼의 기질을 일부 겸비하라. 타인에게 기만당하여 조롱거리가 되지 않을 정도의 현실 감각은 필수적이다.

매일의 일상에 능숙하게 적응하는 사람이 되라. 그것이 가장 고귀한 일은 아닐지라도, 삶을 영위하는 데 가장 핵심적인 요소다. 실용적이지 못한 지식이 무슨 소용이 있겠는가? 현시대에 진정한 지혜는 곧 '생존의 방식'을 터득하는 것에 있다.

내미는 음식에 불쾌감을 주지 않도록 하라

제공하는 호의가 타인에게 불쾌감을 주지 않도록 유념하라. 그렇지 못하면 베푸는 즐거움보다 받는 이의 불쾌감이 더 커질 따름이다. 어떤 이들은 선의로 타인을 돕다가도 의도치 않게 불쾌감을 주는 경우가 있다. 이는 각자의 취향과 상황이 다르다는 점을 간과하기 때문이다. 누군가에게는 칭찬이 될 법한 것이 다른 이에게는 모욕으로 여겨질 수 있으며, 돕고자 한 행동이 오히려 무례함으로 비치기도 한다. 타인에게 불쾌감을 주었을 때 치러야 할 대가는 그를 기쁘게 하는 데 들였을 노력이나 비용보다 훨씬 더 클 때가 많다.

상대의 마음을 헤아리는 '즐거움의 나침반'을 잃는다면, 정성껏 준비한 선물마저 무용지물이 되고 감사하다는 인사조차 받지 못하게 된다. 상대의 취향을 모르면 그를 기쁘게 하는 법도 모른다. 그래서 칭찬하려다 모욕이 되는 일이 자주 일어나고, 그 결과로 호되게 벌을 받는다. 그리고 그 벌은 정당하다.

234

담보 없이 결코 자신의 명예를 내주지 말라

양측의 침묵이 모두에게 이득이 되고, 폭로가 공멸을 초래하는 상호 의존적인 구조를 구축해야 한다. 명예가 걸린 중대한 사안은 반드시 동반자와 함께 처리하되, 각자가 자신의 명예를 보전하기 위해 상대의 명예를 필연적으로 보호할 수밖에 없도록 상황을 조성하라. 자신의 명예를 타인에게 전적으로 위임하는 우를 범하지 말라. 만약 불가피하게 위임했다면, 신중함을 넘어선 철저한 경계를 유지해야 한다. 위험과 책임을 공동으로 분담하여, 상대방이 자신만의 이득을 위해 배신을 도모할 엄두조차 내지 못하게 해야 한다.

부탁하는 법을 배워라

어떤 이에게는 부탁을 하는 일만큼 쉬운 것이 없지만, 또 다른 이에게는 그보다 더 어려운 일이 없다. 거절할 줄 모르는 이들에게는 특별한 기술이 필요 없으나, 입버릇처럼 '아니오'를 내뱉는 이들에게는 고도의 기술과 더불어 적절한 타이밍이 필수적이다.

상대방이 즐거운 기분일 때, 혹은 몸과 마음이 충분히 편안하여 생기가 넘칠 때를 포착해야 한다. 물론 상대의 예리한 판단력이 이미 당신의 의도를 간파했다면 소용이 없을 것이다. 기쁨이 내면에서 샘솟아 외부로 충만히 발현될 때가 바로 호의를 베풀기에 가장 좋은 시기이다. 또한 다른 이가 방금 거절당한 직후에 부탁하는 것은 무모한 행동이다. 이미 거절의 관성이 작동하고 있기 때문이다. 슬픔이 채 가시지 않은 직후 또한 적절치 않다. 상대방에게 미리 은혜를 베풀어 놓는 것은 청하는 일의 성공을 확신하는 가장 좋은 방법이다. 물론 상대가 비열한 인간만 아니라면 말이다.

은혜를 미리 베풀어
상대를 당신 편으로 만들어라

이것은 매우 교묘한 처세의 한 수다. 아직 공로를 세우기 전에 호의를 베푸는 것은 상대를 배려하는 사람이라는 인상을 준다. 미리 베푼 호의에는 두 가지 큰 장점이 있다. 첫째, 빠르게 주어진 선의는 받는 사람에게 더 큰 빚을 지운다. 둘째, 나중에 주면 단순한 보상이 될 것이 미리 주어지면 의무가 된다. 이 방식은 의무의 성격을 바꾸는 교묘한 방법이다. 보상을 해줘야 했던 당신의 처지는 공을 세워야 하는 상대의 처지로 바뀐다. 다만 이 방법은 의무감을 아는 사람에게만 통한다.

격이 낮은 사람에게는 미리 준 보상이 감동을 주기보다, 더는 노력할 필요 없다는 오만함에 빠져 멈추게 할 뿐이다.

237

윗사람과의 비밀 공유를 경계하라

비밀을 털어놓는 행위는 호의가 아니라 단순히 감정을 해소하려는 배설에 불과하다. 사람은 자신의 추한 모습을 떠올리게 하는 거울을 깨뜨려 버리고 싶어 한다. 자신의 본모습을 본 사람을 곁에 두려 하는 이는 없으며, 나의 좋지 못한 측면을 목격한 사람을 좋게 보기도 어렵다. 특히 권력자에게는 더욱 그러하다. 그러니 그에게서 받은 은혜로 관계를 맺기보다는, 당신이 베푼 도움으로 관계가 유지되게 하는 것이 현명하다. 비밀을 맡기는 순간, 그는 당신에게 구속되는 노예가 된다. 자유를 잃었다고 느끼는 권력자는 잃어버린 주도권을 되찾기 위해 이성과 정의를 저버리고 모든 것을 뒤엎으려 할 것이다. 그러므로 비밀을 말하지도 말고, 또한 듣지도 말라.

자신의 부족한 능력을 파악하라

완벽의 경지에 이를 수 있었던 수많은 인물이 단 하나의 결핍 때문에 평범한 인물로 남는 경우가 매우 많다. 어떤 이들은 특정한 한 가지만 보완했더라면 훨씬 더 위대한 인물로 성장했을 것이다. 그들은 자신이 지닌 뛰어난 능력을 제대로 발휘할 만큼 스스로를 진지하게 돌아보고 성찰하지 않았다. 어떤 이는 타고난 기질상 다정함이 부족하여 주변 사람들은 물론 특히 부하 직원들을 힘들게 한다. 또 어떤 이는 체계적인 조직력이 없고, 또 다른 이는 자제력이 부족하다. 그러나 진정으로 신중한 사람이라면 이 모든 결핍을 스스로 깨닫고, 꾸준한 훈련을 통해 그 보완책을 자신의 제2의 천성으로 만들 수 있다.

239

지나친 까다로움을 경계하라

이보다 훨씬 중요한 것은 건전한 상식적 판단력을 갖추는 것이다. 필요 이상으로 파고드는 지식은 오히려 당신의 역량을 무디게 만들 수 있다. 지나치게 예리한 칼날은 쉽게 휘어지거나 부러지는 법이다. 가장 확실한 진실은 일상적인 상식 속에서 존재한다. 알고 있더라도 사사로운 것을 시시콜콜 따지지 말라. 길고 장황한 해설은 결국 불필요한 논쟁으로 이어질 뿐이다. 지금 당면한 본질에서 벗어나지 않는 건강한 감각을 유지하는 것이 훨씬 현명하다.

어리석은 행동도 할 줄 알아야 한다

가장 지혜로운 사람조차 때로는 이 카드를 사용한다. 최고의 지혜는 때로 지혜롭지 않아 보이는 데 있다. 진정으로 어리석은 자가 될 필요는 없다. 그저 어리석음을 능숙하게 흉내 내는 데 그치라. 어리석은 자 앞에서 지혜를 뽐내거나, 반대로 지혜로운 자 앞에서 바보처럼 구는 것은 아무런 의미가 없다. 각자의 언어로 소통하는 것이 중요하다.

어리석음을 연기하는 자는 결코 바보가 아니지만, 자신의 어리석음 때문에 고통 받는 자는 진정한 바보다. 솔직하고 순진한 바보가 전략적으로 어리석음을 연기하는 자보다 훨씬 더 위험한데, 이는 세상이 이미 너무도 교묘해졌기 때문이다. 사람들의 호감을 얻고 자신을 안전하게 지키려면, 때로는 가장 단순한 동물의 가죽을 뒤집어써야 할 때가 있다.

먼저 농담으로 비꼬지 말라

남의 농담을 받아주는 것은 예의이다. 그러나 먼저 농담을 던지면 상대를 당황하게 할 수 있다. 가벼운 장난에 정색하며 으르렁거리는 행동은 짐승 같거나 때로는 그보다 못하게 보일 때도 있다. 재치 있는 농담은 즐겁다. 이를 의연하게 받아내는 것은 당신의 강력한 내면을 증명하는 일이다. 반대로 농담에 짜증을 내면 상대방도 불쾌해진다. 가장 좋은 방법은 그냥 흘려보내는 것이다.

아무 말도 하지 않는 것이, 괜히 자신에게 해당되는 이야기로 받아들여져 곤란해지지 않는 가장 확실한 방법이다. 세상의 심각한 문제들은 종종 사소한 농담에서 시작된다. 그러니 농담만큼 세심한 배려와 주의가 필요한 것은 없다. 장난을 치기 전에 상대방이 그 농담을 감당할 수 있는 사람인지 먼저 파악해야 한다.

242

기회를 잡았다면 끝까지 손을 떼지 말라

어떤 이들은 시작 단계에서 모든 힘을 쏟아 붓고는 결코 끝을 맺지 못한다. 무언가를 구상하기는 하지만, 정작 실행에 옮겨 완성하지는 않는다. 경기를 끝까지 지속하지 못하기 때문에 그 어떤 명성도 얻지 못한다. 모든 노력이 단 한 번의 중단으로 끝나고 만다. 이는 참을성 부족에서 비롯된 현상이다.

벨기에인의 미덕이 인내라면, 스페인인의 결점이 성급함과 같다. 인내심 있는 자는 일을 끝까지 완수하지만, 성급한 자는 일을 하다가 자신이 먼저 지쳐버린다. 이들은 장애물을 넘을 때까지 땀 흘려 노력하지만, 정작 장애물을 넘고 나면 거기서 만족해 버린다. 승리를 완전히 자신의 것으로 만드는 법을 모르는 것이다. 그들은 '할 수 있지만 하지 않는 것'이라고 변명하지만, 사실 이는 '할 수 없거나 끈기가 없는 것'임을 증명할 뿐이다. 그 일이 좋은 일이라면 왜 끝까지 완수하지 않는가? 만약 나쁜 일이라면 애초에 왜 시작했는가? 현명한 사람이라면 사냥감을 그저 놀라게 하여 쫓아버리는 것에 만족하지 말고, 확실하게 명중시켜 끝을 보아야 한다.

243

너무 순수한 마음만을 갖지 마라

뱀의 교활함과 비둘기의 순수함을 함께 지녀라. 정직한 사람을 속이는 것만큼 쉬운 일은 없다. 스스로 거짓말을 하지 않는 사람은 남의 말을 쉽게 믿고, 남을 속이지 않는 사람은 남을 과도하게 신뢰하기 때문이다. 누군가에게 속았다는 것이 항상 어리석기 때문은 아니다. 때로는 지나치게 착하기 때문에 발생하는 일이기도 하다. 세상에는 상처로부터 자신을 지킬 줄 아는 두 부류의 사람이 있다. 스스로 혹독한 대가를 치르며 상처를 직접 경험해 본 사람과, 남이 치르는 대가를 보고 미리 배운 사람이다.

교활한 사람이 함정을 쓰듯 신중한 이는 의심을 적절히 사용할 줄 알아야 한다. 누구라도 남이 해를 끼칠 만큼까지 선할 필요는 없다. 그러니 당신 안에 비둘기와 뱀을 함께 지녀라. 그 둘을 괴물처럼 뒤섞는 것이 아니라, 경이롭게 조화를 시켜라.

244

상대에게 의무감을 주어라

어떤 이들은 자신이 받은 호의를 마치 자신이 베푼 호의인 것처럼 교묘히 뒤바꾼다. 도움을 받으면서도 자신이 상대에게 은혜를 베푸는 것처럼 보이게 하거나 그렇게 믿게 만드는 것이다. 이들은 부탁하면서도 자기 체면을 세우고, 남의 칭찬을 이용해 자기 이익을 챙기는 교활함을 보인다. 호의를 받으면서도 남을 돕는 듯 꾸미며, 누가 누구에게 빚을 진 건지 헷갈리게 할 만큼 의무의 순서를 뒤바꾸는 것이다.

칭찬으로 최고의 것을 얻고, 과장된 기쁨을 보여 마치 큰 은혜라도 베푼 것처럼 포장한다. 심하게 공손함을 보여 마치 상대가 빚진 것처럼, 자신이 고마워해야 할 일을 도리어 상대가 고마워하게 만든다. 이렇게 해서 그들은 '은혜를 입다'라는 말을 수동태가 아니라 능동태로 써버린다. 이것만 해도 꽤 교묘한 수법이지만, 이런 미묘한 술수를 꿰뚫어 보고, 그들의 방식을 되돌려 써서 결국 자신의 것을 되찾는 것이야말로 더 큰 수완이다.

평범하지 않은 독창적인 관점을 가져라

그것은 뛰어난 능력의 증거다. 우리는 결코 내 의견에 반대하지 않는 사람을 높게 평가하지 않는다. 그것은 그가 우리를 사랑한다는 증거가 아니라, 오히려 자기 자신만을 사랑한다는 증거이기 때문이다. 아부에 속아 대가를 치르지 말라. 오히려 아부하는 태도를 경멸하라. 또한 어떤 이들에게 비난받는 것을 오히려 영광으로 여겨도 좋다. 특히 선량한 사람들이 나쁘게 말하는 자들이 당신을 비난한다면 더욱 그렇다. 반대로 만약 내가 하는 일이 모든 사람을 만족시킨다면 그것을 오히려 걱정해야 한다. 그것은 내 일이 별 가치가 없다는 신호일 수 있기 때문이다. 완벽함이란 오직 소수만이 알아볼 수 있는 법이다.

246

해명은 요구할 때만,
그 이상은 말하지 말라

상대가 해명을 요구해도, 필요 이상의 정보를 주는 건 금물이다. 기회가 오기도 전에 미리 변명하는 것은 스스로 잘못을 고백하는 꼴이다. 괜히 변명하면 상대에게 나를 의심할 구실만 줄 뿐이다. 예상치 못한 변명은 잠자고 있던 상대의 의심을 오히려 깨운다. 또한 영리한 사람은 상대가 자신을 의심해도 굳이 아는 척하지 않는다. 그것은 싸울 거리를 찾아다니는 것과 같다.

불신을 없애는 가장 좋은 길은 정직한 행동으로 자신을 증명하는 것이다.

247

덜 힘들게 살되,
더 많은 지식은 쌓아라

하지만 어떤 이들은 이렇게 말한다. 노력하며 사는 것보다, 아예 손을 놓고 지내는 편이 더 낫다고 한다. 우리에게 진정으로 속한 것은 시간뿐이며, 아무것도 없는 자도 시간만큼은 가지고 있다. 하지만 소중한 인생을 기계적인 잡무나 지나친 업무에 쏟아부으며 낭비하는 것은 매우 불행한 일이다.

필요 이상의 일거리를 다 맡아 남들의 시기를 사지 말라. 그것은 삶을 복잡하게 만들고 정신을 고갈시킬 뿐이다. 어떤 이들은 지식에 대해서도 똑같은 원칙을 적용하려고 한다. 그러나 사람은 알지 못하면 진정으로 사는 것이라고 할 수 없다.

248

마지막 말에만 휘둘리지 말라

　가장 최근에 들은 말에만 따르는 사람이 되지 말라. 어떤 이들은 항상 '최신'만 믿고 따르다가 결국 비상식적인 극단으로 치닫는다. 그들의 감정과 욕구는 마치 부드러운 밀랍과 같아서, 마지막에 온 사람이 자기 도장을 찍으면 이전의 모든 기억과 판단은 지워진다. 이런 사람들은 무엇을 얻어도 금방 잃어버리기 때문에 아무것도 얻지 못한다. 만나는 사람마다 그들을 자기만의 색깔로 물들여 버리기 때문이다. 그들은 비밀을 털어놓을 상대로 부적합하며, 평생 어린아이 수준에 머물러 있다. 감정과 의지가 이처럼 불안정하기 때문에, 그들은 생각과 의지가 마비된 장애인처럼 길의 이쪽저쪽을 비틀거리며 방황하게 된다.

그대의 인생을
마지막에 해야 할 일로 시작하지 말라

많은 이들이 인생 초반에는 즐거움만 좇다가, 정작 걱정하고 대비해야 할 일들을 인생 끝으로 미루곤 한다. 하지만 정말 중요한 본질적인 일이 먼저 와야 하고, 부차적인 즐거움은 나중에 여유가 있을 때 누려야 한다. 어떤 이들은 싸우기도 전에 승리를 거두려 하고, 또 어떤 이들은 별로 중요하지 않은 사소한 것들을 먼저 배우느라 명성과 이득을 가져다줄 진짜 공부를 인생 막바지로 미뤄둔다. 어떤 이는 이제 막 부를 쌓으려는 찰나에 인생이라는 무대에서 사라지기도 한다. 지식을 쌓을 때나 인생을 살아갈 때, 가장 중요한 것은 올바른 순서와 방법이다.

250

대화 주제를 바꿔야 할 때를 알아라

대가 본심을 숨기고 말을 꼬기 시작하면, 지체 없이 대화를 돌려라. 어떤 사람들은 본심과 완전히 반대로 말하는 습성이 있다. '싫다'고 하는 것은 사실 '좋다'는 뜻이고, '좋다'는 말은 '싫다'는 뜻일 때가 많다. 자신이 탐내는 것을 남들이 채가지 못하게 하려고 일부러 깎아내려 말하기 때문이다. 그들이 무언가를 칭찬한다고 해서 곧이곧대로 믿지 말라. 정말 좋은 것을 인정하기 싫어서 일부러 형편없는 것을 치켜세우는 비겁한 화법을 쓰기도 한다. 이처럼 진실이 뒤섞인 비정상적인 대화가 시작될 때, 그 논리에 휘말리지 말고 즉시 대화 주제를 바꾸는 것이 좋다.

251

신(神)의 영역은 신에 의존하고,
인간이 할 수 있는 최선을 다하라.
그리고는 인간의 노력이 전혀 무의미한 것처럼
신의 뜻에 맡겨라

이것은 위대한 거장의 법칙이며, 더 이상 설명이 필요 없는 진리이다.

252

자신과 타인 사이에서 균형을 찾아라

자신에게만 빠져들지도 말고, 타인에게만 헌신하지도 마라. 두 경우 모두 비굴한 폭정과 같다. 오로지 자신만을 위해 사는 것은 모든 것을 독차지하려는 욕심과 같다. 이런 사람들은 자신의 편안함을 위해 한 치의 양보도 하지 않는다. 그들은 남에게 고마워할 줄 모르며 오직 자신의 운에만 의존하지만, 그들의 지팡이는 쉽게 부러지고 만다. 때로는 타인에게 어느 정도 자신을 내어주는 것이 필요하다. 그래야 타인 또한 나에게 다가올 수 있기 때문이다. 공직을 맡은 사람은 '공공의 노예'나 다름없다. 옛 노파가 하드리아누스◆ 황제에게 말했듯, 그 자리에 따르는 짐을 감당하기 싫다면 차라리 그 자리에서 내려와야 한다. 반대로 오로지 타인을 위해서만 사는 이들도 있는데, 이는 어리석은 극단이다. 그들에게는 자신만의 날도, 시간도 없다. 타인에게 너무 많이 얽매여 있어 '모두의 노예'라 불릴 만하다. 이는 지식에서도 마찬가지다. 남을 위해서는 모든 것을 알면서, 정작 자기 자신을 위해서는 아무것도 모르는 사람이 있다. 영리한 사람은 알고 있다. 타인이 자신을 찾을 때, 그들은 '나'라는 사람을 찾는 것이 아니라 '나를 통해 얻을 이득'을 찾는 것뿐이라는 사실을 말이다.

◆ 로마 제국 최전성기로 알려진 오현제의 세 번째 황제.

253

모든 것을 설명하려 하지 말라

너무 많은 것을 설명하려 애쓰지 말라. 대부분의 사람은 자신이 쉽게 이해하는 것은 우습게 여기고, 이해할 수 없는 것을 숭배하는 경향이 있다. 가치 있게 여겨지려면 대가가 비싸야 한다. 이해되지 않는 대상은 실제보다 더 높게 평가받기 마련이다. 상대방에게 높은 평가를 받고 싶다면, 그가 요구하는 것보다 더 현명하고 신중해 보여야 한다. 물론 여기에는 절제가 필요하며 지나쳐서는 안 된다. 분별 있는 사람들에게는 상식이 통하지만, 대중에게는 약간의 모호함이 필요하다. 그들이 당신을 비난할 틈을 주지 말라. 대신 당신의 숨은 의도가 무엇인지 파악하느라 머리를 쓰게 만들어라. 많은 이들이 이유도 모른 채 무언가를 칭찬하곤 한다. 그 이유는 잘 모르는 것을 신비로운 것으로 여기며 숭배하고, 남들이 칭찬하는 소리를 듣고 그저 따라 하기 때문이다.

작은 악재도 절대 가볍게 여기지 말라

악재는 결코 혼자 오지 않는다. 마치 행운이 줄지어 오듯, 불운도 서로 얽혀 찾아오기 마련이다. 행운과 불운은 대개 자신과 닮은 짝을 찾아간다. 그래서 사람들은 본능적으로 불운한 이를 피하고 행운이 따르는 이에게 몰려든다. 순결한 비둘기조차 가장 하얗고 깨끗한 벽에만 둥지를 튼다. 불운에 빠진 사람은 말하는 것마다, 하는 일마다, 운이 따라주지 않는다. 한 번의 실수는 작아 보여도, 그것이 어디서 끝날지 모를 치명적인 손실로 이어질 수 있다. 완벽한 행복이 없듯이, 끝이 없는 불행도 없다. 하늘에서 내리는 고난에는 인내로 맞서고, 인간사에서 생기는 화근은 신중함으로 다스려야 한다.

한 번에 너무 큰 호의를 베풀지 말고
조금씩 나누어 베풀어라

상대가 되돌려줄 수 없을 만큼 과하게 베풀어서는 안 된다. 너무 많이 주는 것은 선물이 아니라 '강요'가 될 수 있기 때문이다. 상대의 감사함을 바닥까지 긁어내지 마라. 받은 사람이 도저히 갚을 길이 없다고 느끼는 순간, 그는 아예 관계를 끊어버릴 것이다. 사람을 잃는 가장 확실한 방법은 그가 감당 못 할 만큼의 은혜를 베푸는 것이다. 갚을 능력이 없는 사람들은 영원한 채무자로 남기보다, 차라리 당신의 '적'이 되어 도망치는 쪽을 택하기 때문이다. 우상이 자신을 만든 조각가를 늘 앞에 두고 싶어 하지 않듯, 은혜를 입은 사람도 은인을 항상 마주하고 싶어 하지는 않는다. 참으로 교묘한 베풂이란, 비용은 적지만 상대가 간절히 원하는 것을 주어 그 가치가 더욱 크게 느껴지게 하는 것이다.

256

무례함과 배신, 거만함, 그리고
어리석은 자에게 언제나 예의로 대하라

세상에는 이런 부류가 널려 있으니, 애초에 그들과 마주치지 않는 것이 최고의 지혜이다. 매일 아침 자기성찰의 거울 앞에서 방어 무기를 점검하며 자신을 무장하라. 그래야 어리석은 자들의 공격을 쳐부술 수 있다. 어떤 상황에도 대비를 철저히 하여, 당신의 명예가 저속한 우연에 휘둘리게 두지 말라. 신중함으로 무장한 사람은 무례한 공격에도 무너지지 않는다. 인간관계라는 길은 매우 험난하며, 우리의 평판을 뒤흔들 웅덩이로 가득하다. 가장 좋은 방법은 오디세우스♦의 지혜를 본받아라. 특히 이런 상황에서는 알면서도 모르는 척하는 기술이 큰 가치를 발휘한다. 여기에 정중함까지 더해진다면 당신은 모든 난관을 극복할 수 있으며, 그것이 때로는 곤경에서 벗어나는 유일한 길이 되기도 한다.

♦ 그리스 로마 신화의 영웅. 트로이 전쟁에서 트로이 목마를 고안하여 트로이를 멸망시킨 인물

257

관계를 완전히 파탄 내지 말라

정면충돌은 언제나 평판에 상처를 남긴다. 친구가 되기엔 부족해도 적이 되면 위협적인 사람들이 있다. 도움을 주는 이는 드물고 해를 끼칠 수 있는 이는 넘쳐난다. 한때 친구였던 이가 화를 내며 돌아서면 가장 독한 적이 된다. 그들은 자기 과오를 덮으려 당신 결점을 파헤칠 것이다. 사람들은 누구나 사물을 자기 마음대로 보고, 보고 싶은 대로 말하기 때문이다. 싸움이 터지면 사람들은 처음엔 당신 예지력 부족을, 나중엔 인내심 부족을, 결국 신중함 없음을 비난한다. 결별이 불가피하다면 분노를 터뜨리지 말고 우정이 서서히 소원해진 척 처리하라. 훌륭한 퇴각이란 바로 이를 위한 말이다.

258

고민과 고통을 나눌 사람을 곁에 두라

위험에도 홀로 서지 말라. 증오와 비난을 혼자 짊어지지 말라. 성공의 영광을 독차지하려던 자는 패배의 굴욕까지 홀로 감당한다. 변명해 줄 사람도, 비난을 나눌 사람도 남지 않는다. 운명이든 군중이든, 둘이 함께라면 함부로 덤비지 못한다. 현명한 의사는 환자를 잃으면 협진이란 이름으로 시신을 함께 옮길 동료를 찾는다. 무게와 슬픔을 나누라. 홀로 선 자에게 불행은 두 배로 몰려든다.

259

비방이 들려오거든 이를 오히려 호의로 바꾸라

모욕을 피하는 것이 복수보다 훨씬 영리하다. 경쟁자를 내 비밀 친구로, 공격자를 내 호위로 바꾸는 건 최고로 영리한 수법이다. 상대를 자신에게 빚지게 만드는 법을 아는 게 큰 힘이다. 상대 마음을 감사로 채우면 공격할 틈이 없다. 근심을 즐거움으로 바꾸는 게 진짜 처세술이다. 심지어 상대의 악의마저 신뢰로 바꾸는 기회로 삼아라.

260

누구도 서로를 온전히 소유할 수 없다

혈연이든 우정이든 어떤 친밀한 관계도 이 진리를 바꾸지 못한다. 존중을 주는 것과 모든 비밀을 털어놓는 건 별개의 일이다. 가까운 사이라도 거리는 지켜야 우정이 유지된다. 친구에게도 혼자만의 비밀이 있고, 아들조차 아버지에게 숨기는 게 있다. 어떤 이는 이 사람에게는 말하고 저 사람에겐 숨기는 것이 있으며, 그 반대도 있다. 관계마다 적당히 구분함으로써 사람은 모든 걸 드러내면서도 모든 걸 숨기는 법이다.

261

어리석음을 고집하지 말라

많은 이들이 실수로 들어선 길에서 되돌아 나오지 못한다. 오히려 그 잘못된 길을 고집하는 것이 자신의 강한 성격을 증명하는 것이라 착각한다. 속으로는 자신의 오류를 후회하면서도, 겉으로는 온갖 핑계로 정당화하는 것이다. 초기에 하는 실수는 그저 주의가 부족한 사람 정도로 보였을 뿐이다. 하지만 그 실수를 끝까지 고집한 끝에, 결국 바보가 되고 만다. 신중하게 생각 없이 내뱉은 약속도, 잘못된 결심도 당신을 구속할 권리는 없다. 그런데도 어떤 이들은 어리석음을 계속 고집하며, 차라리 변함없는 바보가 되는 길을 택한다.

잊어버릴 줄도 알아야 한다

그것은 기술이라기보다 오히려 운에 가깝다. 가장 잘 기억되는 것들이 사실은 가장 먼저 잊어야 할 것들이다. 기억이라는 존재는 종잡을 수 없어, 정작 필요한 순간에는 굳게 침묵하고, 원치 않는 때에는 불청객처럼 난입한다. 고통스러운 사건에는 지나치게 기민하게 반응하면서도, 즐거움은 불러일으키는 데는 어리석게도 한없이 게으르다. 종종 고통을 치유하는 유일한 묘약은 망각이다. 우리는 그 치유제를 잊고 지낸다. 그럼에도 우리는 기억의 올바른 습관을 길러야 한다. 기억은 우리의 삶을 천국으로도, 심연의 지옥으로도 만들 수 있기 때문이다. 소박한 행복을 온전히 만끽하는 이들은 실로 예외적인 행운아다.

263

취향에 맞는 것을 소유하려고 하지 말라

오히려 그것이 내 것일 때보다 남의 것일 때 비로소 더 큰 즐거움을 선사한다. 소유자는 오직 첫날에만 그 물건의 환희를 오롯이 누릴 뿐, 이후의 모든 즐거움은 타인의 시선과 찬탄 속으로 편입되기 마련이다. 남의 것을 향유할 때는 훼손될까 노심초사할 필요가 없고, 늘 신선한 마음으로 접하니 그 기쁨은 배가된다. 무엇이든 가져보지 못한 상태일 때 더욱 감미로운 법이다. 심지어 남의 집 우물에서 마신 물이 감로수처럼 느껴지기도 한다. 소유는 즐거움을 방해할 뿐만 아니라, 그것을 빌려주든 간직하든 귀찮기만 할 뿐이다. 무언가를 소유함으로써 얻는 것이라곤 남을 위해 보관하거나 남이 탐내지 못하게 막아서는 것뿐이며, 그 과정에서 친구보다 적만 더 많이 만들게 된다.

단 하루도 방심하게 보내지 말라

운명은 장난치듯 우리가 허점을 보인 순간을 노려, 곤경에 빠뜨릴 기회를 차곡차곡 쌓아둔다. 우리의 지능, 신중함, 용기, 심지어 외모까지도 늘 시험대에 오를 수 있음을 명심해야 한다. 설마 하는 방심이 곧 명예를 실추시키는 날이 되기 때문이다. 주의는 결정적 순간에 우리를 저버리고, 찰나의 부주의가 결국 나락으로 이끌기 마련이다. 오직 남에게 과시하기 위해 화려하게 치장한 날들은 별 탈 없이 지나간다. 하지만 운명은 우리가 가장 예상치 못할 때를 골라서 진정한 용기를 가장 가혹하게 시험한다.

스스로에게 그리고 부하들에게
어려운 과제를 부여하라

많은 이들이 난관에 부딪혔을 때 비로소 자신의 능력을 증명한다. 마치 물에 빠져 죽을 것 같은 공포가 평범한 사람을 수영 선수로 만드는 이치와 같다. 이처럼 많은 사람이 기회가 없었다면 의욕 부족 속에 영영 잠들어 있었을 용기, 지식, 수완을 고난을 통해 발견하게 된다. 위험은 자신의 이름을 세상에 알릴 절호의 기회다. 고결한 정신을 지닌 이는 명예가 달린 문제임을 깨달으면, 기꺼이 수천 명의 몫을 해내고야 만다. 가톨릭 여왕 이사벨라◆는 이 법칙을 꿰뚫고 있었고, 이러한 예리한 통찰로 '위대한 장군'을 비롯한 수많은 영웅의 명성을 쌓아 올렸다. 여왕은 이 숭고한 기술로 평범한 이들을 위대한 인물로 길러냈다.

◆ 카스티야 연합 왕국의 여왕이자 스페인 왕국의 공동 통치자. 장군 곤살로 페르난데스 데 코르도바를 지원하여 그를 '위대한 장군'이라 불리게 한 장본인

266

너무 착하기만 하여
불리한 상황에 처하지 말라

즉 화낼 때조차 분노를 드러내지 못하는 사람이 되지 말라는 뜻이다. 감정이 메마른 듯 반응 없는 이는 진정한 인간이라 보기 어렵다. 그런 태도는 늘 느긋함에서 나오는 것이 아니라, 정당하게 대응하지 못하는 무능함에서 비롯되기도 한다. 때에 따라 강렬한 감정을 느끼고 표출하는 것은 인간 본연의 권리다. 허수아비가 가만히 있으면 새들은 곧 비웃으며 달려든다. 인생에서 쓴맛과 단맛을 적절히 아우를 줄 아는 것이 진정한 안목이다. 단맛만 좇는 것은 어린아이나 어리석은 자들의 몫이다. 오직 선량함이라는 미명 아래 아무런 반응도 하지 못하는 무감각에 빠지는 것은 심히 위험한 일이다.

267

부드러운 언행과 완벽한 매너를 갖춰라

화살은 육신을 꿰뚫고, 모욕은 영혼을 할퀸다. 달콤한 사탕이 입안을 향긋하게 만들 듯, 언어는 상대를 매혹한다. 인생에서 가장 뛰어난 기술 중 하나는 보잘 것 없는 것조차 그럴싸하게 포장하는 묘법을 아는 것이다.

세상의 대부분은 말로 좌우되며, 언변을 잘 활용하면 불가능해 보이는 난제도 풀 수 있다. 우리는 보이지 않는 공기, 즉 말을 거래하는 것과 같으며, 왕의 숨결 같은 고귀한 한마디가 누군가에게 용기와 권세를 부여하기도 한다. 그러니 늘 입안에 설탕을 머금듯 말을 달콤하게 해라. 심지어 당신을 적대하는 이조차 그 달콤함에 즐거워할 만큼 말이다. 타인을 기쁘게 하려면 먼저 스스로 평온해야 한다.

현명한 자는 즉시 행하고,
어리석은 자는 때를 놓친 후에 행동한다

두 사람의 행위는 결국 같아 보일지 몰라도, 유일한 차이는 시간 차이뿐이다. 한 명은 적절한 때를 택하고, 다른 한 명은 모든 기회를 허비한 뒤에야 움직인다. 처음부터 생각이 뒤틀린 자는 끝까지 그 그릇된 길을 고집한다. 마땅히 해결해야 할 중대한 일을 어설프게 건드리고, 올바른 방향을 등지고 엉뚱한 길로 나아가며, 모든 행동이 마치 어린아이와 다름없다. 그런 자를 바로잡는 유일한 방법은, 스스로 마땅히 행했어야 할 일을 강제로라도 하게 만드는 것뿐이다. 반면 현명한 자는 머지않아 해야 할 일을 즉시 간파하고, 기꺼이 먼저 행동함으로써 명예와 부를 차지한다.

269

새로 처한 상태의 가치를 이용하라

새로움은 희소하기에 모두를 매료시키며, 사람들의 감각을 일깨운다. 심지어 막 등장한 평범함이 익숙해진 탁월함보다 더 높은 평가를 받기도 한다. 능력은 사용하면 할수록 마모되고 낡아지기 마련이다. 그러나 새로움이 선사하는 영광은 짧다는 사실을 명심하라. 나흘만 지나도 그 경외심은 사라진다. 그러므로 당신을 향한 찬사가 가장 뜨거울 때 그 첫 수확을 거두어야하며, 박수 소리가 울리는 짧은 찰나에 취할 수 있는 모든 이득을 취해야 한다.

새로움의 열기가 식으면 열정도 함께 사라지고, 신선함에 대한 감탄은 익숙함에서 오는 권태로 변모하기 때문이다. 모든 것에는 제철이 있으며, 그 시기는 찰나와 같이 지나간다는 사실을 굳게 믿어야 한다.

270

모두가 열광하는 것을 홀로 폄하하지 말라

수많은 이의 환호를 받는 데는 분명한 까닭이 있다. 논리적 설명이 부족할지언정, 그 가치는 이미 대중에게 충분히 향유되고 있는 것이다. 남과 다른 '유별난 시선'은 언제나 반감을 사기 마련이며, 심지어 그 견해가 틀렸을 때는 비웃음을 자초할 뿐이다. 섣부른 비난은 대상을 훼손하기보다, 그저 당신의 통찰력에 대한 신뢰를 깎아내린다. 종내에는 '천박한 안목'을 지닌 채 고립될 뿐이다. 만약 어떤 대상에서 긍정적 측면을 발견하지 못한다면, 자신의 부족한 안목을 감추고 즉각적인 비난은 삼가라. 대부분 빈약한 안목은 지식의 부재에서 비롯된다. 모두가 입을 모으는 것은 대개 진실이거나, 머지않아 현실이 된다.

어떤 일에서든 지식이 부족하다면
가장 안전한 길을 택하라

그렇게 하면 날카로운 통찰력을 인정받지는 못할지라도, 최소한 확고한 신뢰는 얻을 수 있다. 반면, 숙련된 자는 주저 없이 나아가 자신의 역량을 유감없이 발휘할 수 있다. 충분한 이해 없이 위험을 감수하는 것은 스스로 파멸을 자초하는 행위에 불과하다. 이럴 때는 원칙을 준수하라. 한 번 행한 일은 되돌릴 수 없기 때문이다.

지식이 얕은 자는 굳건한 길을 따르고, 상황을 막론하고 무모한 모험보다는 안전을 택하는 것이 지혜로운 태도이다.

품격으로
사람에게 빚을 지게 하라

그럴 때 인간은 가장 깊은 부채감을 느낀다. 자신의 이익만 따지는 자가 치르는 대가는, 호의를 체감한 품격 있는 자가 되돌리는 보답에 비할 바 못 된다.

예의는 겉으로 보기에 선물을 주는 행위이나, 실상은 상대에게 의무를 지우는 것이다. 특히 관대함이야말로 가장 막중한 부채감을 조성하는 미덕이다. 바르게 생각하는 사람일수록, '받았다'는 사실을 가장 무겁게 여긴다. 그는 받은 것을 두 번 계산하여 갚는다. 사물의 실질적 가치에, 그 안에 담긴 공손함의 가치까지 더하여 지불하는 것이다. 그러나 천박한 영혼에게 관대함은 무의미한 횡설수설일 뿐이다. 그들은 '품격'이라는 언어를 이해하지 못한다.

상대의 기질을 통찰하라

그래야 그들의 심중을 헤아릴 수 있다. 근원을 알면 그 귀결 또한 자명하다. 그 기질 안에 이미 징후가 내포되어 있고, 동기에서 그 말로가 발현되는 법이다.

우울증에 잠긴 자는 항상 불행을 예감하고, 비방에 능한 자는 끊임없이 추문을 양산한다. 선의를 상상조차 못하는 자들에게는 악이 먼저 그 얼굴을 드러낸다. 격정에 휩싸인 자는 사물을 있는 그대로 보거나 말하지 못한다. 그들의 발언은 이성의 산물이 아니라, 맹목적인 감정의 지배를 받는다. 이처럼 인간은 각자의 감정과 기분에 휘둘려 발언할 뿐, 대개 진실과는 멀어진다. 표정을 해독하고, 외모 속에서 영혼의 본질을 읽어내는 기술을 연마하라. 늘 희희낙락하는 자는 우매하다 여기고, 전혀 미소 짓지 않는 자는 기만이 숨겨진 존재일 개연성이 높다. 수다쟁이를 경계해야 한다. 그는 무익한 말만 늘어놓는 자이거나, 혹은 염탐꾼일 가능성이 크다. 기형적인 외모를 지닌 자에게서 과도한 선의를 기대해서는 안 된다. 그들은 대개 자연에 복수하듯 행동하며, 자연이 그들에게 인색했던 만큼 자연에 명예를 돌리지도 않는다. 그리고 아름다움과 어리석음은 흔히 동반하는 경우가 많다.

274

매력적인 존재가 되어라

이는 정중함이 자아내는 신비로운 마법이다. 당신의 유쾌한 특질로 즉각적인 실리를 추구하기보다, 먼저 타인의 호의를 얻는 데 전념하라. 그리고 이를 만인에게 공평하게 적용하라. 아무리 출중한 재능일지라도, 우아함이 결여된다면 미완에 불과하다. 우아함이야말로 대중의 찬사를 이끌어 내고 타인을 효과적으로 다스리는 가장 실효적인 방편이기 때문이다.

호감을 얻는 데는 운이 따르지만, 매력은 끊임없이 연마할 수 있는 능력이다. 천성 위에 우아함이 덧입혀질 때, 개인적인 호의는 자연스럽게 확산되어 보편적인 호감으로 승화한다.

품위의 범주 내에서 사람들과 어울려 즐거움을 공유하라

늘 엄숙함으로 흥취를 깨는 자가 되어서는 안 된다. 이는 위엄 있고 당당한 면모를 갖추는 핵심 지침이다. 대중의 호감을 얻기 위해선 간혹 품위를 조금 양보할 수도 있다. 때로는 대중들이 즐기는 곳에 동행할 수 있으나, 결코 예절의 한계를 넘어서는 안 된다. 공공의 장에서 스스로를 우스꽝스럽게 만드는 이는 사적인 영역에서도 신중한 인물로 간주 되지 않을 것이다. 쾌락에 몰두한 단 하루 만에, 평생의 근면으로 일궈낸 공든 탑보다 더 많은 것을 상실할 수도 있다. 그렇다고 하여 늘 멀찌감치 떨어져 고립되어서도 곤란하다. 지나친 독야청청함은 모든 타인을 비판하는 행위와 다를 바 없기 때문이다. 더 나아가 고결한 척 위선적인 태도를 취하지 말라. 그러한 행동은 그에 합당한 사람에게나 맡겨라. 종교적 위선조차도 한낱 우스갯거리에 불과하다. 여성이 남성적인 기개를 지니는 것은 탁월함으로 평가될 수 있으나, 그 반대는 그렇지 않다.

자신의 인격을 쇄신하는 법을 익혀라

천성뿐 아니라 인위적인 노력이 필수적이다. 사람들은 7년마다 심성이 변한다고 한다. 그 변화가 당신의 취향을 더욱 고매하고 지고한 방향으로 이끄는 전환점이 되게 하라. 태어나 첫 7년이 지나면 이성이 발현되고, 이후 일곱 해가 반복될 때마다 새로운 탁월성을 하나씩 증보해야 한다. 이러한 변화를 스스로 통찰하여 돕고, 타인 또한 진전될 것이라고 기대하라. 이것이 곧 지위나 직책의 변동이 행태의 변화를 야기하는 까닭이다. 때로는 이러한 변화가 성숙의 정점에 이르기 전까지는 온전히 감지되지 않을 수도 있다.

스무 살의 인간은(화려한 자태의) 공작이며, 서른 살에는(용맹한 기상의) 사자이다. 마흔 살에는(인내로 짐을 지는) 낙타이고, 쉰 살에는(기민하고 현명한) 뱀이다. 예순 살에는(충직한) 개이며, 일흔 살에는(흉내만 내는) 원숭이이고, 여든 살에는 '무(없음)'에 불과하다.

277

자신의 재능을 가꾸어라

드러내는 것은 재능을 밝히는 빛과 같다. 모두에게 적절한 순간은 찾아오기 마련이니, 그 기회를 놓치지 말라. 어떤 이는 작은 재능으로도 큰 주목을 받는다. 또 어떤 이는 뛰어난 재능으로 자신을 화려하게 과시하기도 한다. 만약 재능을 드러내는 능력이 다재다능함과 어우러진다면, 사람들은 그를 경이롭게 바라본다.

스페인 사람들은 민족 전체가 자신을 표현하는 데 능숙하고 그중 으뜸이다. 빛이 생기며 창조가 드러났듯, 드러냄은 재능에 생명을 불어넣는다. 완성도를 부여하면 하늘은 그것을 선보일 기회 또한 준다. 하지만 자신을 드러내는 것에도 요령이 필요하다. 아무리 빼어난 장점도 상황에 따라 다르며, 늘 시기에 맞는 것은 아니다. 때를 놓친 과시는 아무 소용이 없다. 무엇보다 자기표현은 그 어떤 자질보다도 가식이 없어야 한다. 가식은 자기표현의 가장 큰 걸림돌이다. 이는 곧 허영심으로 변질되어 경멸을 사게 되기 때문이다. 천박해 보이지 않으려면 절제가 필요하며, 어떤 형태든 과도함은 현자들에게 외면 받는다. 때로는 자신을 드러내는 것이 일종의 '말 없는 웅변'이나 '무심한 듯 재능을 보여주는 방식'으로 나타나기도 한다. 현명하게 자신을 숨기는 것이 가장 효과적인 과시가 될 때가 많다. 시야에서 살짝 물러나는 행위가 오히려 사람들의 호기심을 최고조로 자극하기 때문이다.

하나의 성취는 더 큰 성취의 예고가 되어야 하며, 첫 박수는 다음을 기대하는 여운을 남겨야 한다.

모든 일에서 악명을 멀리하라

아무리 뛰어난 자질이라도, 그것이 악명이 되면 결점으로 변질된다. 악명은 남과 다른 '특이성'에서 발현되며, 이는 늘 비난의 표적이 된다. 특이한 행태를 보이는 이는 결국 고립을 자초한다. 아름다움조차 겉멋과 결합하면 신뢰를 상실한다. 타인의 주목을 갈구하는 그 태도 자체가 불쾌감을 유발하기 때문이다. 불명예스러운 특이성은 두말할 나위도 없다. 심지어 악인 중에는 악명을 통해 명성을 얻으려 새로운 악행을 추구하는 자들도 있다.

지적 영역에서도 절제가 부족하면, 지식은 의미 없는 수다로 전락한다.

반박하는 자에게 곧바로 맞대응하지 말라

상대의 반론이 '교활함'에서 비롯된 것인지, 아니면 '천박함'에서 나온 것인지 분별해야 한다. 상대의 반박이 늘 고집에서만 나오는 것은 아니다. 때로는 당신의 속내를 간파하려는 교묘한 술책일 수 있다. 이 점을 명심하라. 천박함에 응수하면 곤경에 빠질 수 있고, 교활함에 휘말리면 위기에 처할 수 있다. 음험한 자들을 상대할 때만큼 경계가 요구되는 순간은 없다. 상대가 당신의 마음을 열기 위해 사용하는 '심리적 자물쇠 따개'에 맞서는 최상의 방책은, 주의력이라는 열쇠를 아예 자물쇠에 물려두어 그들의 접근을 봉쇄하는 것이다.

신뢰할 수 있는 사람이 되어라

이제 정직한 교류는 찾기 어렵다. 신뢰는 외면 받고 약속 이행은 드물다. 베푼 호의가 클수록 보상은 미미한 법, 이것이 당대의 세태다. 거짓된 거래에 익숙해진 이들이 많다. 그들은 배신, 약속 위반, 기만에 능숙하니 늘 경계하라. 하지만 타인의 이러한 졸렬한 행태는 우리에게 본보기가 아닌 '경고'가 되어야 마땅하다.

진정 우려스러운 것은 그러한 비열한 행태를 목도하며 우리 자신의 정직성마저 퇴색하는 점이다. 그러나 명예를 존중하는 자라면, 타인의 추한 면모를 보았다고 하여 자신의 본질을 망각해서는 안 된다.

281

식견을 갖춘 이들의 총애를 얻어라

고매한 인사의 담백한 긍정 한마디가 많은 우매한 자들의 갈채보다 값지다. 쭉정이를 태워 얻은 연기로는 결코 배를 채울 수 없다. 현명한 이들은 깊은 통찰로 말하며, 그들의 찬사는 영구한 만족감을 선사한다.

현자 안티고누스◆는 자신의 명성을 알아줄 유일한 관객을 '제우스' 신으로 국한했고, 플라톤은 아리스토텔레스를 가리켜 '나의 학파 전체'라고 칭했다. 어떤 이들은 비록 군중의 찰나적 환호일지라도 그것으로 자신의 욕망을 채우려 애쓴다. 군주들조차 작가를 필요로 한다. 추한 여인이 화가의 붓을 두려워하는 것보다 작가의 펜을 더 두려워하는 법이다.

◆ 고대 그리스(마케도니아)의 왕

자리에 빠짐으로써 가치를 드높여라

늘 곁에 있는 익숙함이 명성을 깎아내린다면, 부재는 오히려 그것을 숭고하게 만든다. 부재 중에는 사자처럼 위엄 있게 추앙받던 이도, 막상 나타나면 '태산이 울려 낳은 것이 고작 생쥐 한 마리'라는 조롱을 살 수 있다. 재능은 과도하게 드러날수록 빛이 바랜다. 사람들은 위대함의 본질보다 겉모습에 먼저 현혹되기 마련이다.

상상력은 눈으로 본 것보다 훨씬 위대한 그림을 그린다. 귀로 들었던 작은 흠결은 부재 속에 자연스레 잊히기 마련이다. 자신의 명예를 수호하는 이는 늘 여론의 중심에만 머무르려 하지 않는다. 전설 속 불사조조차 은둔의 시간을 통해 스스로를 갱신하며, 자신의 부재를 타인의 강렬한 갈망으로 변화시킨다.

발견하는 재능을 길러라

발견은 최고의 천재성을 증명하는 척도다. 그러나 아주 작은 광기 없이도 천재가 존재했던가?

새로운 것을 찾아내는 힘이 천재의 영감이라면, 그에 맞는 방법을 선택하는 능력은 건강한 이성의 증거다. 발견은 특별한 행운으로 이루어지며, 매우 드문 일이다. 대부분의 사람은 이미 발견된 것을 발전시킬 수 있지만, 처음으로 미지의 것을 찾아내는 일은 소수에게만 허락된다. 그리고 그들은 뛰어남에서도, 시대적으로도 늘 앞서가는 사람들이다. 새로움은 사람의 마음을 강하게 끈다. 그리고 그것이 성공할 경우, 그 주인공은 두 배의 명성을 얻는다. 판단에 있어서 새로움은 자칫 논리에 어긋나 위험할 수 있지만, 천재성의 영역에서의 새로움은 전적으로 칭찬받을 가치가 있다. 결국 성공한다면, 이성의 참신함이든 천재의 독창성이든, 둘 다 똑같이 박수를 받을 자격이 충분하다.

284

지나치게 매달리지 말라

지나치게 매달려 자신을 무시당하게 만들지 말라. 타인의 존경을 원한다면 먼저 스스로를 존중해야 한다. 자신의 존재감을 드러내는 데는 신중하되, 결코 경박하게 행동하지 말라. 그렇게 해야 타인이 갈망하는 존재가 되며, 어디서나 환영받을 것이다. 요청받지 않은 일에 섣불리 나서지 말고, 부름을 받았을 때만 움직여라. 스스로 원해서 멋대로 벌인 일이 실패하면 모든 비난을 감당해야 하며, 설령 성공하더라도 감사는 받기 어렵다.

지나치게 끈덕지게 매달리는 자는 언제나 비난의 표적이 된다. 그는 염치없이 타인의 영역을 침범했기에, 결국 수모를 당하며 배척받게 된다.

285

타인의 불운에 휩쓸려
자신을 해치지 말라

곤경에 빠져 허덕이는 이들을 주의 깊게 관찰하라. 그들이 타인의 도움을 구하며, 불운을 나눌 동반자를 찾아 위안을 얻으려는 방식을 주시하라. 그들은 자신들의 불행을 기꺼이 짊어질 누군가를 탐색한다. 번성할 때 당신을 냉대했던 자들이, 이제 와 손을 내미는 법이다. 익사 직전의 이를 구원할 때는 자신마저 위험에 빠지지 않도록 지극히 세밀한 주의를 기울여야 한다.

과도한 책임감에서 벗어나라

그것은 온 세상의 노예가 되는 지름길이다. 타고난 역할이란 있다. 어떤 이는 베푸는 데 재능이 있고, 어떤 이는 기꺼이 받아들이는 재능이 있다. 그러나 자유는 그 어떤 것으로도 대체할 수 없는 최고의 가치다. 많은 이가 당신에게 매달리게 하기보다, 누구에게도 얽매이지 않는 스스로의 독립을 지켜라. 그것이 더 귀중한 일이다. 힘이 가진 단 하나의 미덕은 더 큰 선행을 이룰 수 있다는 것이다.

명심하라. 책임을 '선심'으로 착각하는 어리석음을 범하지 말라. 대부분 그것은 타인이 당신을 속박하기 위한 교활한 셈법일 뿐이다.

격앙된 감정에 휩쓸리지 말라

　맹목적인 격정에 사로잡혀 행동하면 모든 것을 잃을 수 있다. 자신이 자신의 본모습이 아닐 때, 어찌 자신에게 이로운 결정을 내릴 수 있겠는가? 강렬한 감정은 언제나 합리적인 이성을 압도해 버리기 때문이다. 그러한 상황에서는 반드시 신중한 중재자를 내세워라. 중재자가 현명한 까닭은 그들이 냉철함을 잃지 않기 때문이다. 한 발 물러선 구경꾼이 경기를 가장 명확히 볼 수 있는 것과 같은 이치다.

　스스로 분노가 치밀어 오름을 인지하는 즉시, 지혜롭게 그 자리에서 물러서라. 한번 끓어오른 피는 순식간에 터져 나오기 마련이며, 찰나의 감정 폭발이 자신에게는 길고 긴 후회를, 상대방에게는 앙심을 품을 구실을 안겨줄 수 있다.

288

현재 상황에 맞춰
유연하게 대처하라

우리의 모든 생각과 행동은 마주한 상황에 따라 마땅히 달라져야 한다. 결정의 순간이 오면 망설이지 말고 행동하라. 시간과 기회는 결코 누구를 기다려 주지 않기 때문이다. 본질적인 가치나 덕목을 제외하고는, 특정한 고정관념에 갇혀 살지 말라.

자신의 의지를 한정된 조건에 묶어두지 말라. 오늘 무심코 버린 것을 내일 다시 간절히 찾게 될 수도 있다. 어떤 이들은 어처구니없게도, 세상의 흐름이 자신의 기묘한 고집에 맞춰 변화하기를 기대한다. 하지만 본디 그 역이어야 함을 잊지 말라. 현명한 이는 신중함의 진정한 지혜가 바로 바람의 방향에 따라 배의 돛을 조절하는 것에 있음을 잘 알고 있다.

보통 사람과 다름없음을 드러내면
가치가 깎인다

그가 너무나 인간적이라는 사실이 밝혀지는 날, 사람들은 더 이상 그를 '비범한 존재'로 여기지 않는다. 경박함은 명성과 정반대 지점에 있다. 신중하고 절제하는 이들은 인간 이상의 존재로 존경받는 반면, 경박한 자들은 인간 이하로 취급당한다. 묵직한 진지함과 대척점에 선 경박함은 존경심을 단숨에 무너뜨리는 치명적인 결함이다. 경박한 사람은 나이가 들어도 결코 무게감 있는 인물이 될 수 없으며, 마땅히 신중해야 할 때에도 마찬가지다. 비록 이러한 단점이 세상에 만연할지라도, 그것이 경멸의 대상이 된다는 사실은 변치 않는다.

사랑과 존경을 동시에 얻는 지혜

사람들의 사랑과 존경을 함께 받는 일은 더할 나위 없는 행운이다. 존경을 얻고자 한다면, 섣불리 호감을 사려 하지 말라. 사랑은 미움보다 섬세하다. 사랑과 품위는 좀처럼 함께 어우러지기 어렵다. 따라서 타인에게 지나치게 공포심을 주어서도 안 되며, 과도하게 사랑받으려 애써서도 안 된다. 사랑은 곧 편안함을 낳고, 그 편안함이 깊어질수록 존경심은 희미해지기 때문이다.

격정적인 감정보다는 존중이 담긴 애정을 추구하라. 그것이야말로 다수에게 적합하고 오래 지속될 수 있는 사랑의 형태다.

사람의 본질을 간파하는 지혜를 길러라

악한 이들의 함정에 빠지지 않으려면 현명한 경계가 필요하다. 타인의 속내를 제대로 가늠하려면, 먼저 스스로 깊이 있는 통찰력을 갖춰야 한다. 자연물의 특성을 아는 것보다 인간의 성격과 기질을 꿰뚫어 보는 것이 훨씬 중요하다. 이는 삶에서 가장 영리한 기술 중 하나다. 금속의 진가는 두드려 봐야 알 수 있듯, 사람의 본질은 그의 말과 행동으로 드러난다. 언어는 정직함의 실마리이며, 행동은 그보다 확실한 증거다.

사람을 파악하는 데는 각별한 주의와 면밀한 관찰, 예리한 통찰, 그리고 신중한 결단이 필수적이다.

사람의 품격은
그의 직위보다 더 높아야 한다

그 반대가 되어서는 안 된다. 아무리 높은 지위에 있더라도, 그 자리에 걸맞은 품격을 넘어선 인격적 가치를 지녀야 한다. 진정 도량 넓은 이는 직책의 상승과 함께 역량의 지평을 더욱 확장한다. 반면, 속 좁은 자는 책임과 명성이 조금만 주어져도 금세 힘을 잃고 곤경에 처하기 마련이다.

위대한 아우구스투스 황제는 위대한 군주가 되는 것보다 위대한 인간이 되는 것을 더 중요하게 여겼다. 고귀한 마음은 바로 이런 곳에서 진정한 가치를 찾으며, 근거 있는 자신감은 여기서 비로소 기회를 얻는다.

성숙함을 가져라

성숙은 겉으로 드러나는 모습뿐 아니라, 그 사람의 행동에서 더욱 확연히 빛을 발한다. 귀금속의 가치가 무게로 증명되듯, 인간의 고귀함은 정신적인 깊이에서 판별된다. 이 성숙함이야말로 한 인격체의 역량을 완성하며, 타인의 경의를 자연스레 불러일으킨다. 차분하고 절제된 태도는 그의 영혼을 보여주는 고결한 앞모습과 같다. 이는 경솔한 이들이 착각하는 우둔한 무감각이 아니라, 품격 있는 침착성에서 우러나오는 것이다. 이처럼 성숙한 자의 말은 곧 웅변이 되고, 그들의 행동은 위대한 업적이 된다.

성숙함은 인간을 완성하는 핵심이다. 우리는 성숙한 만큼 온전한 존재가 되기 때문이다. 유치한 어린아이의 모습을 벗어던질 때, 비로소 인간은 진지함과 권위를 획득한다.

294

자신의 견해를 너무 관철시키지 마라

인간은 누구나 자신의 이해관계에 따라 관점을 형성하며, 그에 대한 타당한 근거를 갖추었다고 상상한다. 이는 대다수 사람의 판단력이 자신의 욕망에 굴복하기 때문이다. 서로 상반된 주장이 충돌할 때, 저마다 자신의 입장이 정당하다고 확신할지라도, 진실은 오직 하나일 뿐 여러 얼굴을 갖지 않는다. 이렇듯 난처한 상황에서 현명한 사람은 각별히 주의해야 한다.

상대의 견해를 어떻게 판별하느냐가 당신의 식견마저 의심받게 할 수 있기 때문이다. 이러한 때에는, 자신을 상대방의 입장에 놓아보고 그의 주장이 지닌 논거를 깊이 탐색하라. 그러면 감정적인 비난이나 자기만의 정당화에 매몰되지 않고 상황을 바라볼 수 있을 것이다.

행하지 않은 공적을 내세우지 말라

증명되지 않은 공적을 부풀려 자랑하는 자들이 많다. 그들은 염치없이 모든 행위를 신비로운 위업처럼 가장하며, 칭송을 갈구하는 그들의 위선은 조롱만 불러일으킬 뿐이다. 허영심은 거부감을 유발하지만, 이 같은 허세는 특히 멸시의 대상이 된다.

명예를 탐하는 이들은 마치 개미 떼처럼 타인의 공적을 도용하려 기웃거린다. 자신의 공이 위대할수록, 스스로 과시할 필요는 오히려 줄어든다. 묵묵히 행동하는 것으로 만족하고, 칭송은 타인의 몫으로 남겨두라. 베풀었다면 거기서 끝내고, 생색을 내려들지 말라. 또한 현명한 이들의 조소를 무릅쓰고, 자신의 허물을 가려줄 아첨꾼의 거짓된 붓놀림을 빌리지 말라. 겉치레 영웅이 아닌, 참된 영웅이 되기를 갈망하라.

296

숭고한 품성을 가진 사람이 되어라

탁월한 자질이 사람을 위대하게 만든다. 수많은 평범한 재능보다, 단 하나의 품성이 있는 자질이 훨씬 더 값지다. 옛날에 자신의 모든 소유, 심지어 가재도구까지도 최대한 웅장하게 갖추려 했던 사람이 있었다. 위대한 인물은 자신의 영혼이 지닌 자질을 가능한 한 크게 키우기 위해 얼마나 더 힘써야 하겠는가.

신의 모든 것이 영원하고 한계가 없듯, 영웅의 모든 면모 또한 크고 장엄해야 한다. 그래서 그의 행동 하나하나, 말 한마디 한마디에는 자연스러운 위엄과 깊이가 배어 있어야 한다.

언제나 누군가 보고 있는 것처럼 행동하라

사람들이 지금 자신을 보고 있거나, 언젠가 보게 될 것임을 아는 사람은 매사에 신중해진다. 그는 벽에도 귀가 있음을 알고, 그릇된 행동은 결국 자신에게 되돌아온다는 사실을 안다. 그래서 그는 혼자 있을 때조차, 온 세상이 자신을 지켜보고 있는 듯이 처신한다. 머지않아 모든 일이 드러날 것을 알기에, 훗날 이 이야기를 전해들을 사람들까지도 지금 이 자리에 있는 목격자로 여긴다. 언제나 세상의 시선 앞에 서 있듯 살고자 했던 현자는 이웃이 담장 너머로 자신을 들여다보는 것조차 전혀 개의치 않았다.

298

비범한 인물을 만드는 세 가지 보물

하늘이 내린 가장 귀한 세 가지 보물이 있다. 그것은 풍부한 재능, 깊은 지혜, 그리고 세련된 안목이다. 생각을 잘하는 것도 중요하지만, 바르게 판단하는 것이 더욱 중요하다. 그것이 진짜 지혜이기 때문이다. 판단력이 머리가 아닌 다른 곳에 있다면, 그것은 도움이 되기는커녕 짐만 될 뿐이다. 올바르게 판단하는 능력은 이성적인 태도에서 나온다. 사람은 나이에 따라 중요한 능력이 바뀐다. 20대에는 의욕이, 30대에는 지적인 능력이, 40대에는 판단력이 가장 지배적이다.

어떤 사람은 어둠 속에서도 빛나는 스라소니의 눈처럼, 상황이 어려울수록 진실을 더 명확하게 꿰뚫어 본다. 또 어떤 사람은 위기 상황에 강하여, 급한 일이 생길 때마다 적절한 해결책을 찾아낸다. 이런 능력은 인생을 풍요롭고 행복하게 만들어 준다. 그리고 이 모든 능력에 '탁월한 안목'이 더해질 때, 비로소 우리 인생의 모든 순간이 멋지게 완성된다.

배고픔이 조금 남았을 때 멈추어라

아무리 달콤한 꿀물이라도, 입술에서 떼어낼 줄 알아야 한다. 사람의 욕망은 간절할수록 가치가 높아진다. 목이 마를 때도 갈증을 살짝 누그러뜨릴 만큼만 마시는 것이 품격이다. 갈증을 완전히 없앨 정도로 들이켜는 태도는 아름답지 않다. 양이 많기보다 질이 좋은 것이 진정으로 좋은 것이다. 같은 즐거움도 두 번째가 되는 순간 그 값어치는 급격히 떨어진다. 쾌락에 지나치게 빠지는 일은 위험하며, 지나친 만족은 오히려 하늘의 노여움을 불러온다. 늘 환영받는 유일한 방법은, 상대에게 약간의 허기를 남겨 두는 것이다. 다시 나를 찾게 만드는 여백이 필요하다.

사람을 설레게 하고 싶다면, 충분히 채워 배부르게 하기보다 조금 모자란 듯 멈추는 편이 훨씬 낫다. 어렵게 얻은 행복일수록 기쁨은 더 깊어진다.

300

한마디로 성인이 되어라

이 한마디로 모든 진리가 요약된다. 덕은 모든 완벽함을 연결하는 고리이자, 모든 행복의 핵심이다. 덕을 갖춘 사람은 신중하고 현명하며, 깊이 통찰하고 조심스러우며, 지혜롭고 용감하다. 사려 깊고 신뢰할 만하여 행복과 존경을 얻고, 진실한 영웅이 될 수 있다.

인간을 행복하게 하는 세 가지 요소가 있으니, 바로 건강, 숭고한 정신, 그리고 명석한 지혜이다. 덕은 인간이라는 작은 우주를 밝히는 태양이며, 선한 양심은 그 빛을 받는 반구와 같다. 덕은 너무나 아름다워 신과 인간 모두의 사랑을 받는다. 오직 덕만이 진정 사랑할 가치가 있으며, 오직 악덕만이 혐오의 대상이 된다. 세상에서 진정으로 중요한 것은 덕뿐이라 하겠다, 인간의 능력과 위대함은 재산이 아닌 덕으로 평가되어야 마땅하다. 덕만이 스스로 충족되는 유일한 가치다. 덕은 살아서는 사랑받게 하고, 죽어서는 영원히 기억되게 한다.